小説版 ゴジラ-1.0

TOKYO

集英社オレンジ文庫

小説版

ゴジラ−1.0

山崎　貴

本書は書き下ろしです。

CONTENTS

小説版 ゴジラ-1.0

１９４５年夏

アクリルガラスを通した南国の太陽光線がじりじりと敷島浩一の肩を焼いていた。

零式艦上戦闘機52型の栄21型エンジンは軽快に駆動音を響かせている。

本来ならそろそろ敵艦を見つけて突っ込んでいる……あるいは敵の分厚い対空砲火にバラバラにされて海に散っている頃だった。

おそらく同時に南方に出撃した戦友達は一人も生きてはいないだろう。

だが敷島は途中で大きくUターンしていた。このまま直進すれば不時着基地のある大戸島が見えてくるはずだった。

言い逃れが可能かどうかはわからなかった。だがエンジン不調を訴えれば、その調査に一日や二日は取られるはずだった。

次の一手はその間に考えればいい。

この戦争は間もなく終わるはずだ。それまで生き延びさえすれば、母親との約束は果たせる。

大戸島には整備兵しかいないはずだった。士官よりも気性は穏やかなのではないかというわずかな期待もあった。

間もなく水平線の奥から大戸島が見えはじめた。しばらくはその島影はなかなか変化しなかったが、少し大きくなり始めたら、滑走路が見えるまではあっという間だった。

遠くからではわからなかったが、島の滑走路はあちこちに爆弾跡の穴があって、とてもまともに着陸できる代物（しろもの）ではなかった。

敷島は一回島の上空で旋回して、着陸コースを決めた。

滑走路のやや左側に降り、そこからしばらくして右にそれる。そのコースをとれば、爆弾跡を避けることができるかも知れない。

覚悟を決めて敷島はスロットルを絞（しぼ）りながらゆっくりと降下した。

後は無我夢中だった。

フラップと垂直尾翼を器用に使って、なんとか大きな爆弾跡を避けてようやく敷島機は停止した。

もう数センチで手前に広がる大きなすり鉢（ばち）型の爆弾穴に落ちるところだった。

そうしたら、まだ燃料の残っているこの機は爆発炎上していたかもしれない。

敷島は安堵の息をつくと同時に、全身から大量の汗が流れ落ちるのを感じていた。

それは「生きている」という確かな証左に他ならなかった。

指揮所の近くで休んでいた敷島のところに、整備兵の上官らしき男が近づいてきた。その後ろでは敷島機を点検していた整備兵達が、敷島を責める様な目つきで眺めていた。

……あっけなくばれたか。

だが……あの滑走路から戦闘機を離陸させることは不可能だ。

つまり敷島機は二度と飛び上がることができないのだ。

たとえどれほど責められようとも、しらを切り通せば戦争が終わるまではこの島に居座ることはできそうだった。

「敷島少尉ですよね。筑波海軍航空隊の整備部にいた橘です。覚えておられますか？」

確かにそんな整備員がいたのを敷島は思い出した。整備兵達は頼りがいのある橘を慕(した)っていたように記憶していた。

旧知の人間にこの状況で出会うのはなかなかのバツの悪さだった。

それを隠すように敷島は努めて明るく振る舞った。

「……橘さん！　もちろんです。その節はお世話になりました」

「よくこの島の穴だらけの滑走路にあの古い機体を降ろせましたね。相変わらず腕は確かなようだ」

「模擬空戦の成績がいくら良くても……実戦を経験せずいきなり特攻ですから……」

「……しかし、機体の故障で少しだけ猶予(ゆうよ)ができた」

橘が近づいてささやいた。

「実はいくら確認してもあなたの言う故障箇所(かしょ)が見つからないんです」

敷島は言葉が震えるのを押し殺しながら答えた。

「……何が言いたいんですか？」

そして、気分を害した振りをして、海岸に向かって歩き始めた。

この島も、それほど甘い場所ではないようだった。

青ざめて海岸の岩に座っていた敷島に、一人の整備兵が近づいてきた。

胸の名札に「斉藤(さいとう)」とある。

「なんですか?」

「いや、橘さんが呼んでこいと」

「なんの用でしょう?」

斉藤は敷島の横に座って海を見ながらつぶやいた。

「いいんじゃないですか? あんたみたいなのがいたって。死んでこいなんて命令、忠実に守ってもこの戦争はとうに先が見えてる」

それだけ言うと、斉藤は立ち上がって元来た道を帰っていった。

この島に来てから初めて優しい言葉をかけられて、敷島は思わず涙を落としそうになった。

それをなんとかこらえた頃、不思議な物が海岸に流れ着いているのを敷島は見た。

深海魚らしき不思議な形をした魚が、口から胃袋を吐き出したようになって死んでいた。

それも一匹ではない。数匹の深海魚の死体が波に洗われている。

中には目玉が飛び出しているものもいた。

それはそこはかとない不吉さを漂わせていた。


夕暮れ時になって敷島が帰ると、橘が待っていた。

橘は顎で指揮所に入るように促した。

もしかすると、私的裁判が始まるのかも知れない。

特攻忌避は重罪だ。呼吸が乱れるのを感じながら、敷島は指揮所の建物の中に入っていった。


中には敷島が想像したのとまるで違う光景が広がっていた。

大きな鍋に魚の鍋物が大量に出来上がっていた。

その周りではニコニコ顔の整備兵達が、まあ座れと手招きしている。

訳もわからないまま敷島が座ると、整備兵達が口々にしゃべり出した。

「お前さんみたいなやつが来ないか待っていたんだよ」

「特攻忌避とは、なかなかやるじゃないか」

「もうすぐこの戦争は終わりだ。今死ぬなんて馬鹿らしい」

「俺達とここで首をすくめてりゃ、そのうち内地に帰れるさ」

我慢できなかった。

この整備兵達は、逃げた自分を受け入れてくれている。それがたまらなく嬉しかった。

敷島は顔を床に向けて嗚咽（おえつ）した。

「さあ、泣いてないで食え。大戸島名物、深海魚鍋だ」

「さっき海岸で拾ってきたばっかりだ。見た目は悪いが、新鮮だぞ」

「内地じゃろくに食っていないんだろ？」

その鍋はしみるほどうまかった。

敷島は出撃以来、何も食べていなかったことを思いだし、ガツガツと鍋をかき込んだ。

「しかし、今日はずいぶんと深海魚が揚（あ）がったな」

「呉爾羅（ゴジラ）が出るんじゃないか？」

「なんだいそれは？」

「島の奴らが言ってたんだ。深海魚が沢山揚がった日には呉爾羅が出るって」

「俺も聞いたぞ。呉爾羅が動くと、慌てた深海魚がなりふり構わず海面にあがって胃袋が出ちまうんだろ？」

その時、空襲警報が鳴り響いた。呉爾羅の話に少しおびえていた整備兵達は一斉にビクッと体を反応させた。

しかしその直後、瞬時に兵士の顔を取り戻した整備兵達は、歩兵銃を手に外に飛び出した。

「敵襲か？」

橘の問いに見張り櫓の上から見張りの兵士、滝が答えた。

「いや、何かでかい影が」

その時、腹を震わせる獣の雄叫びが、海岸の方から聞こえた。

「米軍の新兵器か？」

そうつぶやくと、橘が見張り櫓に向かって言った。

「滝！　探照灯照らせ。海岸の方だ！」

言われるままに海岸線に向けられた探照灯の強い明かりの中に、ひどく奇妙な物が浮かび上がった。

太い手足には見事なまでの爪。そしてその顎には鋭い歯が隙間なく並んでいた。尾から背中にかけて、それぞれが独立した貝殻のような背びれが所狭しと並んでいた。それは太古の恐竜にも似たおぞましい怪物だった。体高十五メートルはあるだろうか?

「生き物なのか?」

敷島はそのあまりにも現実離れした姿に呆然と立っていた。

これが呉爾羅と呼ばれていた怪物なのか?

怪物は探照灯に抗議するように一声吠えると、巨大な体を見張り櫓に叩きつけるように突進した。

一撃で見張り兵と共に櫓は倒壊した。

「滝!」

「滝さん」

口々に叫ぶ整備兵達に滝は答えてくれなかった。

続いてその呉爾羅と思われる怪物は、備蓄されていたガソリンのドラム缶を数個一気に踏み潰した。それは破壊された探照灯の火花に触れて、大きな爆煙を上げた。

そのオレンジ色の光に呉爾羅は照らし出された。

その表皮はゴツゴツとうろこに覆われ、その目は金色に輝いている。

「呉爾羅」は爆煙を踏みつけながら、一同に向かって一歩一歩歩き始めた。

「塹壕まで下がるぞ」

橘の一言で、整備兵達は一斉に海沿いに掘られた塹壕に飛び込んでいった。

地面すれすれから見ると、呉爾羅は人間を探してうろついているようだった。だが、ガソリンの炎に目をやられて、こちらの様子はまだ見えていないようだ。

橘が指揮所前に置かれた敷島機と呉爾羅を交互に見ながら言った。

「敷島さん、零戦まで行って20ミリを撃てますか？」

「……！」

「あれを撃てるのはあんただけだ。ここには整備兵しかいない」

「……しかし」

「奴が射線に入る前に、急いで！」

「手負いにしたら、まずいことになりませんか」

「20ミリ食らって、生きていられる生物なんていません！　さぁ早く！」

敷島は押し出されるように塹壕から出された。仕方なくそっと零戦のコックピットに向かって敷島は走った。

あの怪物に20ミリ砲を撃ち込むなんて、正気の沙汰とは思えなかった。

それよりは怪物が破壊に飽きて、海に戻るのを静観していた方が、生き残る確率はずっと高くなるはずだ。

しかし、20ミリを撃ち込んだら確かに、あの呉爾羅という怪物を倒すことができるかも知れない。

それはもしかしたら、敷島が特攻から逃げた「意味」になってくれるかもしれなかった。

敷島は、できるだけ音を立てないようにコックピットに収まると、射撃レバーを握った。

その時、そのかすかな音を聞きつけて、呉爾羅がヌッと零戦のすぐ前に顔を突き出した。

探っているような目つきで機内を見るとしばらく考え込むようにそこに留まった。

その恐ろしい目、巨大な質量、思いがけず俊敏な動き……。

敷島は射すくめられたように体をこわばらせていた。

こんな化け物に機銃を撃ち込んで無事でいられるわけがない。

敷島の本能がそう叫んでいた。

そもそもこの生き物は、人間がどうこうしていいものじゃない。

敷島はただただ息を殺して、呉爾羅が去るのを待った。


塹壕の中で、橘はいらついていた。

「何してるんだ！　あいつ」

呉爾羅は零戦の機銃で撃ち殺すには絶好のポジションに留まっていた。

しかし敷島は撃とうとはしなかった。

「今だ！　撃て！　撃ってくれ」

橘の押し殺した声は敷島には届かない。

やがて呉爾羅はゆっくりときびすを返し、塹壕の方に向かってきた。

塹壕に潜む、若年兵の恐怖に満ちた吐息が大きくなっていく。

橘自体もあの巨大な未知の存在に、じわじわと追い詰められつつあった。

山側の森に逃げ込むなら今だった。

しかしそれはあの獣に追われ、狩られることになる。

この中の幾人かは無事ではいられないだろう。

このままでいれば、やがて呉爾羅は海に帰ってくれるかもしれない。

そんな思いは、突然の銃声にかき消された。

恐怖に耐えきれなくなった若年兵が、思わず99式短小銃を撃ってしまったのだ。

それをきっかけに次々と短小銃が発射された。

「撃つなバカ！」

橘の制止も聞かず、次々と短小銃が撃たれた。

恐怖が銃の引き金を軽くしていたのだ。

次々と撃ち込まれるライフル弾に、呉爾羅は地響きが起こるほどの声で吠えた。そして驚くほどのスピードで塹壕に向かってきた。

「出ろ！　ここから出ろ！」

橘の怒号に我に返った兵士達が飛び出すと同時に、呉爾羅の足が塹壕を踏み抜いた。

そこで折れて跳ねた木材が橘の足を襲った。

片足を引きずりながらそこを離れようと必死にもがく橘を、若年兵の一人が後ろから支えて引っ張った。

「橘さん、だいじょう……」

その声がくぐもった悲鳴に変わると、その若年兵は空中に舞い上がるように引き上げられた。

呉爾羅の顎(あご)に捕らえられ、放り投げられたのだ。

必死に短小銃を撃つ兵士達を呉爾羅は踏み潰し、嚙(か)みつき投げ飛ばし、尻尾(しっぽ)で叩き潰し、みるみるうちに生きている兵士はわずかになってしまった。

指揮所に逃げ込んだ数名も、呉爾羅の尾によって、指揮所ごと破壊された。

敷島は、コックピットに座り込んで、ただただ目の前で繰り広げられる惨劇(さんげき)を呆然と見ているだけだった。

――自分が撃たなかったせいか？　そうなのか？――

自問自答しているとそこに斉藤が、あの優しい言葉をかけてくれた斉藤が何かを叫びながら走ってきた。

「呉爾羅を連れていく。20ミリで撃ち殺してくれ！」

そう言い終わるやいなや、斉藤も後ろから来た呉爾羅の牙に捕らえられ、悲鳴とも断末魔(だんまつま)ともとれる叫びを残して、放り投げられた。

「あああああ！」

零戦に迫る呉爾羅から逃げたい一心で、敷島はコックピットから飛び出すと、反対方向に駆けた。

呉爾羅はその巨大な顎を全開にすると、零戦を咥(くわ)え空中に放り投げた。

落下した零戦は、残った燃料に引火して大爆発を起こした。

駆けていた敷島は背中から押し寄せる爆風に舞い上げられ、地面に叩きつけられた。

血のにおいがした。

呉爾羅は火の海となったあたりを睥睨(へいげい)すると、勝利の雄叫(おたけ)びをあげた。

敷島はそれをぼんやりと眺めながら、暗闇に落ちていった。

草の感触が頬(ほお)にあった。

静かな波の音が聞こえてきた。

敷島はしばらく自分に何が起こったのかを理解できなかったが、遠くから漂ってくる煙のにおいに、すべてを思い出して、慌てて起き上がった。

すぐ目の前に真っ赤に焼け焦げた零戦の残骸が、まだわずかに煙を上げていた。

その奥で何事かブツブツ言いながら、焼け残ったハンモックを利用して、何かを運んでいる男がいた。

橘だった。

「なんでこいつらがこんな目に」

太陽が少し上がり、地面を照らし始めると、そこにはおびただしい数の遺体が並んでいるのがわかった。

ひどく潰れて、前後がわからなくなっている者。下半身のない者、目をカッと開け苦悶の表情を保ったままの者。腕のない者。首がない者。

様々な遺体が丁寧に並べられていた。

敷島は昨夜起きた惨劇の結果に思わずへなへなと座り込んだ。

それを見とがめた橘が阿呆のように突っ立ったまま、言った。

「こいつの下半身が見つからないんだ。なあ、見なかったか?」

敷島の呼吸が激しくなった。

「なあ、お前……なんでだ? なんであの時……」

続きを言えずに泣き出した橘を前に、敷島は言い訳の言葉が見つからなかった。

遺体の一人と目が合った気がした。

彼は「どうしてですか?」と問いかけるようにこちらを見ていた。

そのわずか数日後に日本が無条件降伏をした。

それから半年間、敷島はできるだけ橘から見えない場所で時間をやり過ごしていた。

このまま野宿をしながら、衰弱して死ぬのか? この島は見捨てられたのか? と不安になった頃、大戸島にも復員船がやってきた。

復員船は定員を大きく越えた数の兵士達を運んでいたので、後から乗せてもらった敷島達には満足な船室が与えられることはなく、吹きさらしの甲板にわずかなスペースが用意されただけだった。それでもこの船が数日後には日本本土の港に着くのだと思うと、敷島の心は躍った。

その時、その浮かれた気持ちを粉々に砕（くだ）く男が敷島の目の前に立った。

橘が敷島を見つけだしたのだ。

口汚く罵（ののし）られるかと覚悟を決めた敷島に、橘はただ、油紙に包まれた数枚の写真を手渡しただけだった。

そしてまた来た時と同じように無言で去っていった。

敷島は慌ててその油紙を開いた。中身を見て、敷島は声を失った。そして写真を再び油紙に包み直し、ポケットの奥にしまい込んだ。

長い船旅と、復活したばかりらしい都電の旅を経て、敷島はついに実家に帰ってきた。

しかしそこには幼い頃から見慣れていたあの風景は何も残ってはいなかった。確かに降り立った駅の名前はかつて敷島が住んでいた町の名前だったが、そこは冗談のようにただただ焼け野原が広がっているだけだった。

敷島はその歩きにくい木炭だらけの道を、まわりを確認しながら歩いていたが、次第に心を恐怖が占（し）めていき、ついには走り出してしまった。

たどり着いた場所は、敷島の生家のはずだった。高熱で焼かれたらしくゆがんだ門柱につけられた鉄扉が、そこが確かにあの美しかった家であることを教えてくれていた。

しかし、塀で囲まれた敷地の中は、ほぼ消し炭となった瓦礫の山が放置されているだけだった。

わずかに確認できる土台の輪郭が、かつてそこに大きな屋敷があったことを物語っていた。

「……」

敷島が呆然としながらそこにたたずんでいると、後ろから不意に声をかけられた。

「浩一さん……かい？」

隣のバラックから出てきた髪の乱れた女性が、幽霊でも見るかのような目で敷島を凝視していた。

一瞬、敷島はその女性が誰かわからなかったが、しばらく考えあぐねたあと、それが隣家の太田澄子であることに思い当たった。

「太田の姉さん！」

「あんた、特攻に行ったんじゃ…」

敷島が特攻隊に選ばれたことは知れ渡っているようだった。

「……」

「違うのかい？」

それに対する敷島の表情で、何が起きたのかを澄子は一瞬で理解してしまったようだった。

「平気な顔して帰ってきたのか。この恥知らず」

「……」

どうやら特攻を卑怯な方法で回避したらしいこと……それが澄子が持っていた、どこにも持っていきようがなかったどす黒い感情に火をつけてしまったらしかった。呪詛のように澄子は言葉を……負け戦から帰ってきた兵士には一番つらい言葉を次々と投げつけた。

「あんた達兵隊がふぬけなせいでこの有様だよ。あんたらさえしっかりしてれば、うちの子達も死なずにすんだんだ」

うちの子達……この辺を襲ったらしき空襲は、やんちゃ盛りの澄子の子供達を一人残らず奪っていったらしかった。

すさまじい目付きで敷島を睨んでいる澄子に、敷島は最も聞きたくない問いを震える声で聞いた。

「うちの親はどうなったか知りませんか？」

澄子の目に、残忍な笑みが浮かんだ。

「みんな死んださ。この辺はぐるっと火に囲まれたんだ。あんたの家族も、うちの子達と同じ運命だよ」

予想通りの答えに予想通り打ちのめされて、敷島は門柱を背に座り込んでいた。

幾分人間らしい暮らしを取り戻してきた夕暮れの喧噪の中で、敷島は母親からの手紙を取り出した。

『必ず生きて帰ってきて下さい』

そこに記された一文を守ること……それを理由に自分の卑怯な振る舞いを正当化してきた。しかし今、その根本の部分が崩れてしまった気分で敷島は恨み言をつぶやいた。

「生きて帰ってこいって……そう言いましたよね」

もちろん、誰もそれに応えてはくれない。

ゆっくりと群青色に染まっていく世界の中で、敷島は立ち上がることができずにいた。

なんとか手に入れた廃材を組み合わせた、バラックとも言えないくらい粗末な小屋掛け……生家のあった敷地の隅に建てたそれが敷島の今の住まいだった。

その中で寝転がりながら敷島は自分が飢えていることに気づいた。

気がつけば三日ほど何も食べていなかった。このままこの中で朽ち果てるのもいいかもしれないと思ったが、飢えが敷島に「生きろ」と責め立てた。

「生きたいのか俺は……」

一キロほど歩いた場所で開かれている闇市には本当になんでもあった。

敷島はその隅で売られていた雑炊をすすっていた。米軍の残飯で作られているそれは身元不明の肉片やパン、サラダだったのであろう野菜、そしてわずかばかりの米で構成されていたが、見た目に反してそれは染み入るほどうまかった。体がいかに食べ物を欲していたか……自分の意思とは無関係に生きようとする体というものを、敷島は不思議な物を見るかのように客観視していた。

その時、遠くの雑踏の中で「このこそ泥が」という声が上がった。闇市で一日に何度も上がるありふれた怒号だ。

しかしその怒号は次第に敷島のいる闇市の隅に向かって突き進んできた。何か大荷物を抱えた若い女が、雑踏をかき分けながら何人かの屈強な男に追われている。

敷島は反射的に女の前に通せんぼをしてしまった。特に何か思いがあったわけではない。何か人の役に立ちたいという本能的な思いがあったのかもしれない。

ぎょっと目を丸くして敷島を見たその女は、あろうことか、自分の荷物を敷島に押しつけると言った。

「お願い！」

そして女は敷島の手をすり抜けると、さらに先に逃げていった。

追っ手がそれを追いかけていってしまうと、闇市は何事もなかったかのように元の喧噪を取り戻した。

敷島の手には女の荷物が残った。ぼろ布の塊（かたまり）のようなそれを開いてみると、その中には赤ん坊がけろっとした顔で収まっていた。

「えっ？」

困惑した敷島のところに追っ手達が成果なしの悔（くや）しそうな顔で戻ってきた。

「全く逃げ足の速い女だ」

「あいつにやられたの今月二度目ですぜ」

敷島は女にあてがわれた赤ん坊を、追っ手のリーダーらしき男に渡そうとした。

「これ」

「なんだよ」

「いや、だからこんなの押しつけられても」

「知るか！」

吐き捨てるように言いながら、追っ手達は来た道を帰っていった。

日が傾き始めていた。

黄金（こがね）色に色づいてきた光の中で敷島は赤ん坊を手に抱え、途方に暮れていた。

その赤ん坊を保護しなければならない理由は、敷島にはない。

そう自分に言い聞かせて、座っていた木箱に赤ん坊を置くと、敷島は自分のバラックに向かって歩き始めた。

立ち去りかけたその時、敷島はふと後ろを振り返った。

赤ん坊が無邪気にこちらに向かって手をバタバタさせている。

「勘弁してくれよ」

敷島はそのまま立ち去ることもできず、仕方なく戻って赤ん坊を抱え直すとバラックへの道を歩き始めた。

「どうするんだよ、これ」


闇市を抜け、脇道に入ったところで突然声をかけられた。

「お兄さん」

赤ん坊を押しつけたあの女だった。

「やっと帰ってきましたか」

「お兄さんが悪いんだよ。あんな場所に居座っていたら迎えに行けるわけないでしょ」

「ずっと見張っていたんですか?」

「いつ動くかってしびれ切らしたよ。ねぇ」

そして女は戦利品らしい握り飯を赤ん坊に見せると言った。

「お腹すいたよねぇ」

敷島は赤ん坊を返すことができてほっとしながら、その場を立ち去ろうと歩き始めた。

「ねえ、なんでこの子置きざりにしなかったの?」

無視する敷島に女は食い下がった。

「ねえねえ」

「あんなところに置いていけるわけないでしょう」

女はその答えがことのほか気に入ったようで、嬉しそうに敷島の周りをまとわりつくように歩いた。

「へーへー。置いていけなかったんだぁ。へー」

女は何か宝物でも掘り当てたような顔で上機嫌そうに言った。

「お兄さん、とんだお人好しだね」

無視して歩いていく敷島のあとを、女はニコニコしながらついてきてしまった。闇市で見た時は気づかなかったが、女はよく見ると、赤ん坊がいるようには見えない、まだうら若い女学校に通っていそうな年頃の娘だった。

「ついてこないで下さい」

「こんな所に放っておいたら私もこの子も死んでしまいますよー」

敷島は変に懐かれると後々面倒なことになると悟って、大きな声を上げてみた。

「そんなこと知るか！」

娘は敷島が無理矢理張り上げた声で怒鳴っても、全く意に介さず、そのままついてきてしまった。この闇市と焼け跡の世界では、娘の方が敷島よりも一枚も二枚も上手なようだった。


敷島のバラックの入り口前には、簡単な煮炊き(にた)ができるかまどらしきものがしつらえてある。

小屋と共に作ってみたものの一度も使っていなかったそこで、娘は敷島から借りた鍋(なべ)で、握り飯を崩して重湯(おもゆ)を作っていた。

「それ食べ終わったら出ていってくれますよね」

娘はその言葉を無視して赤ん坊に語りかけた。

「怖いねー。このお兄さんは人非人だねぇ」

人非人といわれて少しむっとした敷島は、遠慮（えんりょ）ない質問を娘にぶつけた。

「旦那（だんな）さんはどうしたんですか？　兵隊にとられたんですか？」

「私に？　夫がいるように見えます？」

確かにそんな歳（とし）には見えない。ではいったい……？

「え、じゃあその子は？」

娘は本当につまらないことを聞かれたという表情で背を向けた。

「どうでもいいでしょ」

「よかないですよ」

しばらく沈黙が続いた。娘はその空気に耐えられなくなったのか、つぶやくように言った。

「空襲の時……頼まれたのよ。死にかけたこの子のお母さんに」

「じゃあこの子とは縁もゆかりも？」

「だったら何？」

敷島の中に、急に理不尽な怒りがこみ上がってきた。

「バカなんですか？　こんな小さい子を連れて太平楽(たいへいらく)できる身分じゃないでしょ」

「お兄さんだってほっとけなかったじゃない」

確かにそうだ。このご時世とはいえ、娘の常軌を逸した行為に難癖(なんくせ)つけるには、今日の敷島の行動もなかなか甘いものがあった。その甘さを見透かしたように娘はバラックの中に入って腰を落ち着けた。その図々(ずうずう)しさに敷島は慌てた。

「ちょっと君」

娘は敷島の感情などなんの関係もないという風情(ふぜい)で、重湯を赤ん坊に飲ませ始めた。おなかが減っていたのか、赤ん坊は重湯をぐいぐいと力強く飲みこんだ。

「名前は？」

娘は黙って赤ん坊のおくるみに施(ほどこ)された縫(ぬ)い取りを見せた。そこには「明子(あきこ)」とある。

「君の名前です」

「私？　……典子(のりこ)だけど」

「なんでそんななりしてるんですか？　そんな浮浪児みたいなことしてても、ジリ貧でしょう」

典子は敷島をキッと睨(にら)んで言った。

「じゃあパンパンにでもなれって？」

「そんな顔したって……このご時世です。頼るところがないんだったら、しかたないじゃないですか」

典子はその正論ともいえる言葉に、ふてくされて重湯をいじった。

「親兄弟は？」

典子は黙って首を振ると、敷島のバラックに置かれた木箱の上の名札をみた。

「それ、御位牌(おいはい)？」

「まあ」

「ご両親？」

「ええ。空襲でやられたようです」

典子はその言葉にはっとしたような表情を見せつぶやいた。

「お兄さんも私とおんなじね」

典子の両親も空襲の犠牲者なのだろう。そう思いながら敷島は、位牌の隣に置かれている油紙に包まれた写真を見た。

位牌と並べて置かれているそれは、相変わらず敷島に重い後悔を迫るようにそこにあった。

敷島が、写真を見ることに耐えきれなくなって、視線を典子と赤ん坊に戻すと二人は丸まってバラックの隅ですでに寝息を立てていた。

「ああ、もう、君！」

典子をたたき起こそうと一度は立ち上がった敷島だったが、その幼子のような安心しきった寝顔に動きを止めた。そして仕方なく一枚しかない毛布を掛けてあげるのだった。

数日が経った。典子はまだ敷島のバラックに居座っている。

出ていく様子はない。それどころかバラックの資材を見つけてきて自慢げな顔をしてみたり、どこからか調達してきた食材で食事の用意をしたり……まるでここに住むことが決まったかのようにかいがいしく働いていた。

そんなある日、バケツを下げて、水場に向かった敷島はいぶかしそうな目でバラックを見る澄子に気づいた。

視線を合わせないようにそこを足早で通過しようとした敷島を、澄子が呼び止めた。

「アレ何さ」

「アレって？」

「とぼけんじゃないよ。あんたが拾ってきた親子だよ。あんなの拾ってきてあんた何様のつもりだい？」

拾ってきたわけではない。

「勝手に居着いてしまったんですよ」

「追い出さないなら拾ったも同然だろ。偽善者ぶってさ……いやだいやだ。面倒は御免だよ」

全力で嫌みを言いながら、バラックに入ろうとした澄子がふと足を止めた。

「あの母親、ちゃんとお乳は出てんのかい？」

「いや、アレは母親じゃなくてですねぇ」

「どういうことだい？」

澄子が重湯を明子に飲ませている。その様子は母親が自分の赤ん坊に接している様に見えた。あのいつも敷島に突っかかってくる澄子の様子はみじんもなかった。

ひとしきり重湯を飲ますと、澄子は正座した敷島と典子の前に向き直った。

「このままじゃ栄養失調で死んじまうよ。育てられもしない子を拾ってくるなんて、どういう了見（りょうけん）だい？」

「すみません」

典子としては謝るしかなかった。確かに無謀（むぼう）な行動だということはわかっていた。しかしあの時、迫りくる炎の中で、典子はどうしても明子を置き去りにはできなかったのだ。

「助けたつもりかも知れないけどね、それで結局育てられなくて死なすんだったら、そこで見捨てたのとなんにも変わらないからね」

そう言いながら、澄子はわずかな白米の入った袋を典子の手に握らせた。

「あんたらが食べんじゃないよ。大人は何食べたって生きていけんだからね。この米はこの子にやるんだからね」

そう言い捨てて、澄子は明子に一回だけ満面の笑みを見せてバラックを出ていった。慌てて追いかけて深々と頭を下げる敷島と典子をあとにして、澄子は自分のバラックに入っていた。

澄子のバラックからはこれ見よがしにぼやく声が聞こえてきた。

「あーあ、とっときの白米がさ。迷惑だよホントに」

1946年3月

豪雨が降っていた。その中を敷島が這々(ほうほう)の体(てい)でバラックに駆け込んできた。

典子が来たばかりの頃に比べると、幾分住居としてまともになってきたバラックはそれでもこれほどの豪雨には対応できるわけもなく、盛大に雨漏(あまも)りの音を鳴らしていた。

バケツ、欠けた茶碗(ちゃわん)、焼けた空(あ)き缶。そういった器(うつわ)の体をなしている物すべてが雨漏りを受けることに使われていた。

「ちきしょう、ずぶ濡れだ」

少しまともな服装になった典子が雨漏りを器用によけながら、敷島に手ぬぐいを渡しに奥から出てきた。

「仕事、ありました？」

「あるにはありましたけどね」

敷島の何かを隠しているような表情に、典子がいぶかしげな視線を送った。

「どうしたの？」

敷島が募集要項を書き連ねられた応募用紙を見せた。

「これ見てください。金も悪くないんです。ほら、支度金(したくきん)だけで三千円だそうです！」

「凄(すご)いじゃない！」

典子は一瞬顔をほころばせるが、すぐに心配そうな顔になった。

「きっとペテンです。この前だって運んだお米全部とられちゃったじゃない」

「そういうのとはワケが違います」

「何がどう違うって言うの？」

「他ならぬ復員省（ふくいんしょう）のお墨付（すみつ）きなんです。金がいいのもちゃんとワケがあるんです」

「ワケ？」

「戦時中、米軍も帝国海軍も手当たり次第機雷を撒（ま）いたでしょ。それを掃除（そうじ）する仕事なんです。金がバカみたいに良いのはまあ……」

「……？」

「……命の保証はないってことですかね」

典子の顔色がさっと変わった。——だからこの話をするのはいやだったんだ——そう思いながら敷島は身構えた。典子の切実な怒号がバラックを揺らした。

「何言ってるんですか？　やっとの思いで生きて帰ってきたんでしょ」

「仕方ないでしょ。このまんまじゃ三人揃って飢え死にです。明子もこのままじゃ長くありませんよ」

典子はぐったりとした顔で寝ている明子の顔を見た。確かにここ数日、ろくに重湯をあげられていない。目の下にそれとはっきりわかるクマが浮かんでいるのを見て、典子はぞっとした。

「それはわかってるけど」

ここぞとばかりに敷島が説得に移った。

「金さえあれば、金さえあればアメリカ製の粉ミルクだってなんだって買えるんです。そのためだったら……」

「死んだらダメです……」

その切実な言葉が敷島は嬉しかった。いかに死ぬかということを求め続けられてきた自分としては、まずは命を肯定してくれる典子の存在はありがたかった。しかしだ。しかしだからこそ、まずは金を稼がなければならない。それに……

「大丈夫。危険なだけで死ぬと決まったわけじゃない。十死零生の特攻とは違うんです。それに磁気式に触れても爆発しない特別あつらえの船があるんだそうですから……」

それは嘘ではなかった。今日の説明会で、敷島が配備される予定の船は、とにかく磁気式機雷に強い構造をしていると伝えられていた。

「これが……特別あつらえ？」

漁港の一部が機雷掃海艇の基地になっていた。その桟橋で敷島は、自分が配備された特設掃海艇「新生丸（しんせいまる）」の前に立っていた。

特別と聞かされていたその船は、ボロボロの木造船で漁船を改造したものであることは明らかだった。

そこから、ずっと海を住処（すみか）にしてきたことが一目でわかるような男が現れた。

「あんたかい？　今度来る鉄砲打ちってのは？」

「敷島です」

「船には？」

「戦闘機乗りでしたので……」

その言葉を聞いて、あからさまにがっかりしたその艇長らしき男は、後ろから合流したためがねの学者肌の男に問いただした。

「なんだよ、こいつ使いもんになんのか？」

めがねの男と一緒に出てきたまだ少年のような男が、目をキラキラと輝かせて敷島に聞いた。

「あんた元パイロットかよ！」

艇長らしき男はうんざりした顔で少年をいさめる。

「軍国少年の成れの果てかよ……はやんねえぞ」

めがねの男が敷島のがっかりした顔を見て、言い訳のように早口で語り出した。

「がっかりしましたか？　船がこんなで。米軍と帝国海軍は日本の沿岸に合わせて約六万個の機雷を撒きました。種類は様々ですが、その中でもやっかいなのが米軍の磁気式機雷です。金属でできた船が近くを通るだけで反応し爆発するんです」

敷島はその話で、この船が木造船であることに納得した。

「ああ、それで」

「話がはやい。我々の担当は主に係維機雷ですが、磁気式対策にこの木造船は最適解なんです」

めがねの男が人なつこい表情で握手を求めてきた。

「野田です。戦時は技術士官として兵器の開発に携わっていました。こちらは秋津艇長と水島君」

「こいつは小僧。そっちは学者でいい」

「その呼び方、どうなんですかね長さん」

秋津艇長を野田は「長さん」と呼んでいた。

「俺ももう、小僧って歳じゃ……」

「うるせえ、お前はまだ半人前なんだから小僧で充分だ」

水島はすねたようにそっぽを向いた。

「はいはい、どうせ俺は戦争に行ってませんよ」

そのもの言いに敷島は少し反発を覚えた。その空気を察して、秋津艇長が掃海の説明を始めた。

「こいつは特設掃海艇『新生丸』。隣の海進丸とペアを組んでる。機雷ってのはな、こう風船みたいに海底から立ち上がってんだがな、それを支えている部分、係維索ってていうそこを、お互いに渡したケーブルの真ん中にあるカッターで切断するんだ。そうすると機雷が浮き上がってくるだろう。そいつを機銃掃射で始末するのが機雷掃海の一連の流れだ」

実際に海に出てみると、それはなかなか忍耐のいる作業だった。

どこに敷設されているかわからない係維機雷を探して、二隻の間にワイヤーを張った状態で様々な場所を何度も何度も往復する。もし機雷の係維索にワイヤーのカッターが引っかかると、それは切断され機雷が水面に浮上してくるという仕掛けだった。

上がってきた機雷をかなり離れた距離から機銃で始末する。

言葉で言うと簡単だが、安全圏の三〇〇メートルまで離れた場所から機雷の小さな触角に弾丸を当てるのは、これまた至難の業だった。

しかも新生丸は小型船ゆえ波に翻弄されやすい、つまり激しく揺れているのだ。

秋津が見本だと言いながら浮き上がった機雷を機銃で狙ったが、マガジン一つ空にしても機雷は爆発する気配がなかった。

「な、これがなかなか難しいんだ」

敷島はそれを見ているあいだも、船の揺れのリズムを体に覚え込ませていた。

「やらせてもらっていいですか？」

「大丈夫か？」

冷やかしながら秋津が、船の甲板にある機銃座に設置された13ミリ機銃を渡してくれた。

「揺れているから、弾が届く時の位置を見越して撃たないと」

敷島は、さっきから体にしみこませてきた船の揺れのリズムに銃座の動きを合わせながら、機銃を数発放った。

その中の何発かが運良く機雷の触角を折ることに成功したようだ。

想像していた規模の数倍の巨大な水柱が、腹に響く「ドン！」という音と共に噴き上がった。

機銃で機雷を処理するのはなかなか難しいらしく、それを一斉射撃で仕留めた敷島に、野田と水島が思わず「ほほう」と感嘆の声を上げた。

「敵機を墜とすのと同じです」

「この腕前……エースだったのかい？」

「いえ、模擬空戦だけで……私は実戦に出たことはないんです」

その言葉を聞きつけた水島が「え、え、え」ととがめるような声で機銃座に上がってきた。

「戦争行ってないのかよ。なら、俺と敷島は同じようなもんか」

秋津が水島の頭を小突いた

「全然違うだろ。お前戦闘機操縦できねーじゃねーか」

「俺だって戦争行けてたら大活躍しましたよ。あーあ、もうちょっと長引いていたらなぁ」

その一言は敷島に火をつけた。戦争に行きたかった人間がここにいる。そのことが信じられなかった。敷島は思わず水島の胸ぐらをつかんでしまった。

「お前、本当にそう思っているのか？」

敷島のその迫力に、何かマズいことに触れてしまったことに気づいた水島は素直に謝った。

「わかったよ。悪かったよ」

敷島が悲しそうな目でその場を去った。秋津がもう一度水島の頭を小突いた。

「バーカ」

久しぶりに機雷掃海業務から帰ってきた敷島は、たまった洗濯物（せんたくもの）を典子に渡すと晩ご飯もそこそこに疲れた体を布団に横たえた。

眠りはすぐにやってきた。

眠りについて数時間後、敷島は外に異様な騒ぎを感じて目を覚ました。

隣家が燃えているのか、ドア代わりにしている障子戸（しょうじど）の紙が外からの赤い光に照らされて赤々と輝いている。

「敷島！」「出てこい」などの怒号が外から響いている。

何事かと寝間着代わりの浴衣(ゆかた)のまま外に飛び出した敷島は、自分の目を疑った。

そこは大戸島だった。呉爾羅(ゴジラ)に破壊されバラバラになった指揮所があちこちで燃えていた。そして玄関前には、土気色の顔をした白い整備服の整備兵達が何人も整列していた。

――これは死んだ人間だ――

敷島は直感的にそう思った。

隊列の一番前に立った斉藤が、敷島を見つめて言った。

「なぜまだ生きているのか？」

すると、整備兵をかき分けて前に出てきた飛行服の男が敷島を指さして言った。その顔は、一緒に特攻(とっこう)に出撃した誰かの顔をしていた。

「それはこいつが卑怯者(ひきょうもの)だからです」

男はそう言ったかと同時に整備兵達が何かにおびえて、走り始めた。逃げ遅れた兵士の一人が巨大な足に踏み潰された。

突然の事に敷島が上を見上げると、そこには呉爾羅が立っていた。

うわっと声を上げた敷島は、自分がまだバラックの布団の中にいることに気づいた。

心臓が悲鳴を上げるように激しく脈打っていた。

夢ではない。彼らは確かにやってきたのだ。

そう思うと、敷島は辺りを見回した。大戸島の整備兵や、特攻隊の仲間達の気配が濃くバラックに充満しているような気がした。

彼らは帰っていない。そして繋がりやすい夢の世界に敷島が戻ってくるのを虎視眈々と待ち続けている。

そう考えると、このバラックの実在感が一気に薄れていった。

小屋を仕切ったカーテンのように吊した布の向こうから、典子が心配そうにこちらを見ていた。

「大丈夫？」

典子が外の水瓶から茶碗に汲んできてくれた水を、敷島は一息に飲み干した。

ようやく鼓動が落ち着いてきた。

「また悪い夢？」

「夢……そうか夢だよな？」

そう自分に言い聞かせた途端、それはひどく現実感のない言葉に思えた。

「一炊（いっすい）の夢」という言葉が心をよぎった。

さっき見た世界が現実で、日本に帰ってきて、典子や明子と暮らしている自分が実は夢なのではないか？

そして自分はあの呉爾羅の惨劇（さんげき）の中で、今まさに死にかけているのではないか？

もしくはとっくに死んでしまっている？

そう考えてしまいそうなほど、土気色の兵士達は未だに濃い気配となってあたりを漂っていたし、典子はどこか透けて消えていってしまいそうにはかなく思えた。

敷島はあえて聞いてみた。

「それとも、君が夢か？」

「何言ってるの？　大丈夫？」

言葉にしてしまうと、敷島にはますます典子が現実のものとは思えなくなっていった。

なんとか典子を実物だと確認したかった。敷島はすがりつくように典子をかき抱いた。

「なぁここは日本だよな。俺は確かに帰ってきたんだよな」

そのまま押し倒そうとする敷島を、典子は反射的に蹴るように押しのけた。

「やめて！」

押し返された敷島はバランスを失って位牌が置かれた木箱にぶつかった。油紙の包みが落ちて中から写真が散らばった。そこに写った整備兵とその家族達が一斉に敷島に視線を向けてきた。皆無言だったが、何を言いたいのか敷島にはすぐにわかった。

——なぜまだ生き長らえている？——

「わかっている。わかっているよ」

敷島は体を丸め膝を抱え、幼子のように嗚咽を漏らした。

１９４６年夏

南太平洋の美しい環礁にひどく場違いな老朽艦達が停泊させられていた。

旧帝国海軍の旗艦も務めたこともあった戦艦「長門」もその中にあった。

それら数十隻の老朽艦達は、様々な方向に船首を向けて浮かびながら『その時』を待っているようだった。

不穏な気配を察した海鳥の群れが、半ばくるったようにそこから離れるべく一斉に逃げていった。

空は青々と晴れ渡り、海は静かに波打っていた。

『その時』が来た。

海中に不意に太陽が出現した。

そこから生まれた衝撃波が、周りの水蒸気を一気に細かい氷の粒子に変化させた。

それは一瞬にしてどこまでもどこまでもふくれあがっていった。

長門をはじめとする老朽艦群は、瞬時にその塊の中に見えなくなった。

やがて巨大な蒸気の塊を突き破るように、特徴的なキノコ雲が立ち上がっていった。

ビキニ環礁・クロスロード作戦・ベーカー実験。

原爆実験が行われたのだった。

その熱と衝撃と放射線は、近海の海生生物のことごとくを焼き尽くした。

逃げていた海鳥達もその羽を焼かれながら吹き飛ばされ、空中で灰になりながら舞い散っていった。

そしてその近海に大戸島守備隊を全滅させたあの呉爾羅がいた。呉爾羅もまた、原子爆弾の激しい熱と放射線で焼き尽くされていた。皮膚が沸騰しめくれ上がり、肉は焦げ、眼球が真っ白に濁り…すさまじい痛みと苦しみが呉爾羅を襲った。普通の生物ならとうに絶命しているはずだった。しかし呉爾羅はそのたぐいまれな再生能力でそれを乗り切った。そしてその苦しみをもたらした存在にすさまじい怒りを感じながら徐々に体を再生していった。

呉爾羅の再生能力をもってしても、元の姿を取り戻すことはできなかった。体表の奥深くまで紛れ込んだ放射性物質は表皮の細胞にエラーに次ぐエラーを起こし、その見た目はゴツゴツとした岩のような様相に様変わりしていった。急激に成長していった背びれは雪の結晶のようにあらゆる方向に枝を伸ばしていった。それは層をなし、まるで何十年も海底で生き続けてきた牡蠣殻の様な姿に変わった。

すでに大きかった体は暴走したかのようにぐんぐんと巨大化し、それは以前の姿を遙かにしのぐ巨体と化していった。

「ゴジラ」誕生の瞬間であった。


時は過ぎていった。

一週間ほどの新生丸での作業が続き、陸に上がると、三日間の休みが取れる。

そのルーティーンで敷島は典子や明子と生活を共にしていた。

帰ってくると、四人分の洗濯袋を典子に渡す。

典子は新生丸の四人の洗濯を一気に引き受けていた。

いつの間にかすっかり仲良くなった澄子からは洗濯の心得を教授してもらっているらしかった。

きれいにアイロンが当てられた典子の洗濯は、新生丸の仲間達にも評判だった。

非番の日の敷島は、明子の相手をしたり、バラックを直したりしながら過ごす。

そうこうしているうちに、結構な金が貯まってきていた。

まず敷島は中古のバイクを買った。

何か乗り物を運転したくなったのだ。

バイクの後ろに典子を乗せて、町を走り抜けるのは、気持ちのいいものだった。どんどん復興していく風景は、にわか作りの安っぽい建物であっても、なんだか新しい時代を運んでくるようで、敷島にはまぶしかった。

敷島は自分のバラックも少しキチンとしようと思い立った。

本物の大工に頼んで、バラックの一部を本建築の建物に建て替えてもらった。

復興ラッシュでなかなか手に入らないのを無理言って調達してもらった白木で建てられた新居は、家と言うより、少し豪華な小屋という程度のものだったが、小さな台所も備えたそれを嬉しそうに触れてまわっている典子を見ていると、敷島は心の中に温かいものがあふれるのを感じていた。

いつの間にか、小雪が舞う季節になっていた。

その日、敷島が新しく建てた小さな家に新生丸のメンバーが集まった。

ささやかな新築祝いが行われたのだ。

「立派なもん建てたなぁ。金貯めた甲斐(かい)あったなぁ」

秋津が嬉しそうに褒(ほ)める。

子供好きらしい秋津は、二歳になった明子を膝に迎えてご満悦だった。

水島もわくわくしながら家の内装を眺めている。

流し台からお銚子（ちょうし）を運んできた典子に、野田が自慢のカメラ、ライカM2を向けた。

「一枚いいですか？」

「え、え、そんな、フィルムがもったいないですよ」

典子は遠慮（えんりょ）したが、野田は撮影を強行した。

「その笑顔！　そのままそのまま」

シャッターが押され、典子のその瞬間が銀塩フィルムに焼き付けられた。

その様子を見て、秋津がからかった。

「オイ学者、典ちゃんに惚（ほ）れんじゃねえぞォ」

「何言ってるんですか。典子さんは人妻ですよ人妻」

「やめてくださいよぉ。私、奥さんじゃないんです」

そう微笑（ほほえ）んで去っていく典子を見送りながら、一同は困惑の表情を敷島に向けた。

――奥さんじゃ…ない？――

思わず秋津が敷島に問いただした。

「どういうことだ？」

「勝手に居着いたんです。行くところがないからって置いてるだけで……」

「じゃあこの子は？」

「あいつの連れ子です。とは言ってても血はつながってなくて、空襲のさなかに託された孤児らしいんですが」

野田が敷島をまじまじと見た。

「へーこのご時世に美談じゃないですか」

「後先考えてないだけですよ」

そう言い捨てた敷島の言葉に、会話の内容はわからずとも、何か不安な気持ちになったらしい明子が言った。

「とうちゃん」

その呼びかけに敷島が一瞬戸惑ったような顔になった。そしてすぐに残酷に言い放った。

「明子、言ったろう。俺はお前の父ちゃんじゃないぞ」

明子はその言葉に困惑し、目に大粒の涙を浮かべた。

水島が慌てた。

「敷島、それはまずいんじゃないか？」

それが合図だったかのように、明子が大きな声を上げて泣き始めた。

秋津が慌ててなだめる。

「明子、泣かないでいいからな。おじちゃんがお父ちゃんにちゃんと言ってあげるからな」

野田も同調した。

「実に不健全だ」

秋津が明子との約束を果たすべく、説得にかかった。

「お前、親子共々縁あってこうして引き取ったんだからさ、この際覚悟決めろ覚悟」

おどけた水島が両手で自分を抱きしめて、声色を使った。

「幸せにしてぇ～」

——幸せ——

その言葉に敷島は過剰(かじょう)に反応してしまった。

「黙れ！　そういうのは良いんだよ」

普段穏やかな敷島の怒号に、場の空気が一瞬で凍り付いた。気まずい空気の中、秋津が吐き捨てるようにぼやいた。

「なんでぇ」

そのやりとりを洗い物をしていた典子は、背中を向けながら聞いているのだった。

気まずい空気のまま宴会はお開きになった。皆が帰ったあと、敷島は少し酔った体を引きずるようにして、油紙に包まれた写真を改めて見に行った。

それらの写真からは、やはり呪詛（じゅそ）の言葉が聞こえてくるようだった。

敷島の背中で、典子が努めて明るい声で言った。

「笑っちゃいますよね皆さん。浩さんと私、そういうんじゃないのにね」

言葉の明るさが逆に典子の気持ちをわかりやすく伝えてきて、敷島はそちらを向くことができなかった。

１９４７年３月

掃海業務が一段落して、敷島は久しぶりにバイクで典子達のところに戻ってきた。洗濯袋を抱えて、敷島が家に入ると、そこには意外な姿をした典子がいた。ハイカラなラインがデザインされた制服を着た典子が、ニコニコしながら待っていたのだ。

「お帰んなさい！　私も今帰ってきたところ」

「どうしたんです？　その身なり」

「似合う？　私銀座（ぎんざ）で事務の仕事はじめたの」

初耳だった。なぜ？　敷島は困惑した。

「金なら充分渡してあるでしょう」

典子は鏡台に向き直って座ると、背中を向けた。鏡台に映るその笑顔は、最近典子がよく見せる何か無理に作ったような笑顔だった。典子は決断したように語り始めた。

「いい加減自立したいなって思ってるんですよ。このまんまじゃ浩さんお嫁さんももらえやしないし。知ってます？　銀座もどんどん復興しているんですよ」

こころなしか目が潤んで見える。その表情は笑顔でありながら怒っているようにも泣いているようにも敷島には思えた。

敷島は慌てている自分がいることに気づいた。確かに長いこと中途半端な状況で典子と接してきたのは確かだ。しかし、自立を考えていたとは……復興していく銀座の町にも似た、自分の足で立とうとしている典子が敷島にはまぶしく見えた。その典子は自分の腕の中から旅立とうとしている……そのことがとても寂しいことに思えた。

そのことが悟られないといいなと願いながら、敷島は問うた。

「急ですね」

「ずっと考えてたんです」

ずっと考えていたのだ。ずっと……。

いつも笑顔で、かいがいしく家のことをこなしながら、縁もゆかりもない明子に精一杯の愛情を注いで育て、一見楽しそうに暮らしていた典子は、実は心の底ではここから羽ばたく方法をずっと模索していたのだ。

そのことに敷島は軽い裏切りを感じた。しかしよく考えてみると、そうさせたのは自分だ。少なくともそれを責める権利は自分にはない。そのことに思い当たって敷島はひどくうろたえた。これほどまでに典子が生活の一部になっていたとは、敷島も気づいてはいなかった。それは失うかも知れないとわかった途端にその大切さに気づく……そういう存在に典子がなっていたことを敷島は改めて確認した。

その時、敷島はこの状況を逆転できるかも知れない方法に思い当たった。

「明子は？　典子さんが勤めに出てしまったら明子はどうするんです？」

典子はそれに対する完璧（かんぺき）な答えを用意していた。

「仕事中は澄子さんが面倒見てくれるって……澄子さん、張り切ってるんです。私も男の子を三人育てたことがあるんだからって」

明子の件で考えを変えてもらおうという作戦は不発に終わった。何しろ典子はずっと考えていたのだ。抜かりはない。

「……それならいいんですが」

「澄子さんのところに、明子を引き取りに行ってきます」

出ていく典子の目から涙がこぼれそうになっていたことは、この時うつむいていた敷島には気づけなかった。

その頃、米国防省には不可解な被害報告が入り始めていた。

「米太平洋艦隊所属の駆逐艦（くちくかん）ランカスターが何者かの攻撃を受け大破した。詳細は不明」

「太平洋艦隊所属潜水艦レッドフィッシュより緊急入電。太平洋海中を移動する大型物体を捕捉。写真の撮影に成功したが接触、大破。船体に残された。皮膚組織から大量の放射能を検知」

その写真は海面から波を立てて突き進む巨大な背びれだった。

正体不明の怪物に米軍所属の艦が被害を受けている。

そしてやっかいなことに、その怪物が残した体の一部からは放射線が検出されたようだった。

ビキニ環礁で何度も行われている原爆実験が影響しているようだった。

本来なら、公にならないうちに秘密裏に処理しなければならない事案だった。

しかし、今、米軍は派手な軍事行動を避けねばならない時期だった。

しかも怪物は次第に日本付近に現れ始めていた。

米国防省はこの件に関しては、日本国政府にとある要請を行うのみとすることを決定した。

「ダグラス・マッカーサー最高司令官は誠に遺憾ながらソビエト連邦との情勢を鑑

み、軍事的関与は行えないと通達。同時に日本国政府に対し『日本の安全保障諸機関の増強を要望する』」

1947年5月・小笠原諸島近海

巨大な爪がその船体を引き裂いていた。米軍所属の輸送船であるリバティ船は浮いているのがやっとという状態で、めちゃくちゃに破壊された船体を斜めに傾けていた。

その前に敷島達の乗る「新生丸」とペアを組む「海進丸」が並んで停泊していた。

「こりゃァ……超大型のサメか……鯨か？」

秋津が素朴な疑問を口にした。

「サメやクジラじゃあこんなことはできません」

「ソ連の新兵器ですかね？」

水島が思いつきを口にした。

「兵器による損傷に見えるか？」

「じゃあなんだっていうんだよ？」

「小山のような生物だったとしか……」

「なんだよ、偉そうなこと言ってお前も何もわかってねえじゃねえか」

敷島は近くの海面に浮かんでいるものを見て、思わずつぶやいた。

「呉爾羅(ゴジラ)……」

その聞き慣れない名前に、船上の皆が敷島に視線を向けた。

「あれを見てください」

敷島が指さす先に、口から浮き袋をはみ出させた深海魚とおぼしき魚の死骸(しがい)が何匹か浮かんでいた。

「戦争中にいた大戸島で……不時着した日、何匹かの深海魚が浮いたんです。その日の夜、怪物が襲ってきました。成長したやつが襲ったなら、この輸送船の傷も合点(がてん)がいく」

「見たのか、そいつを?」

「まるで恐竜の生き残りのような姿で……地元の人間は呉爾羅と言ってました」

「……呉爾羅?」

真顔になった野田の表情を見て、秋津が慌てて言った。

「馬鹿言え、そんなものが現実にいるかよ。寝ぼけて敵の戦車かなんかを……」

敷島がそれを遮った。

「信じてもらえないでしょうね。でも大戸島守備隊はその呉爾羅に全滅させられたんです」

「大戸島の玉砕……」

戦時中、飛び石作戦下では米軍に相手にされていなかったはずの大戸島の不可解な玉砕は、戦争関係者の間では少し有名なようだった。

秋津が疑問を口にした。

「あの部隊は米軍と戦って玉砕したんじゃ？」

敷島は首を振った。

「米軍が大戸島に関心がなかったのはご存じのはずです。それ故、当時はトラブルを起こした特攻の不時着基地として機能していたわけで…」

そこまで聞いた水島が何かに気づきハッと表情を変えた。

「じゃあ敷さん……あんた……元特攻隊員？」

思わず漏らした言葉の責任を取るべく、敷島は重く頷いた。

「もしこれがあの時の呉爾羅と同じ個体なら、とんでもなくでかく凶暴になっています」

語尾の震えを敏感に察知した一同に、敷島の呉爾羅への恐れが伝染した。

これはただ事ではない。そんな空気が新生丸を支配した。

「ちょっと待って下さい。そもそもなんで俺達はこんなところに呼ばれたんですか？ まさか！ そんなのと戦えって言ってるんじゃないですよね。この船で？」

「そのまさかだよ」

諦観した表情で野田が答えた。その答えに水島がさらに焦りを強めた。

「そんなの無理に決まってますよ！ 米軍が敵わない相手にこんなチンケな船で何ができるっていうんですか？」

「足止めをしろとさ」

「足止め？」

「シンガポールから高雄が向かってる」

その艦の名は水島の表情を一変させた。

「重巡高雄？ あの？」

「去年自沈処理される予定だったんだがな、この事態に使えるかもと米軍が修理までして返還してくれることになったんだそうだ。元高雄の乗組員達が、シンガポールまで受領しに行っている」

ついさっきまで呉爾羅の幻影に震えていた水島が、一転して跳ね回るように叫んだ。

「凄いじゃないですか！　高雄ですよ！」

「その高雄が到着するまでの時間稼ぎを拝命したってわけだ」

秋津がぼやいた。

「こりゃアメリカさんの船だろ。自分らでなんとかできないのかよ」

「アメリカとソ連、今きな臭くなってきているでしょ。うかつに軍事行動ができないんじゃないでしょうかね。こういう些事は自分のところで処理せよってね。だから武装した高雄クラスを返してくれることになったんでしょうけど」

「これが些事かよ。しかもウチに乗せてんのはあの13ミリだけだぞ」

「それについては回収した機雷を使えとのことです」

つまり巨大な輸送船を一撃で大破できるほどの怪物に対し、新生丸が使える武器は設置された13ミリ機銃とこれから海から回収する機雷だけだということだった。

「ははぁ、それで俺達に声が掛かったってワケか。しかも肝心の武器は〝現地調達を旨とす〟かよ」

「それとこの件に関しては外部には一切他言無用とのことです」

「出たよ、お得意の箝口令。この国は変わんねえなぁ。変われねえのか」

そのまま新生丸は機雷を回収しながら、近くの洋上で朝を迎えた。

呉爾羅は気配を見せなかった。

結局一睡もできなかった敷島が、回収した機雷の改修作業を行っていた。

通常、敷設機雷には四本の角のような触角が備わっている。

それは鉛に包まれたガラス管で、そこに船底が接触すると、ガラス管が割れ、その中から通電性の高い液体が漏れ出し、信管に通電させて爆発する仕組みになっている。

敷島が今行っているのはその触角を取り去り、代わりにそこに電線をはんだ付けする作業だった。

電線の端にスイッチをつけることによって、機雷の爆発を遠隔操作する。それが今回新生丸の対呉爾羅戦におけるメインの武器……遠隔操作式の機雷だった。

触角の構造は非常にデリケートで、その予期せぬ破壊はこの機雷そのものを爆発させることになる。しかも触角は一個につき四本ついているので、機雷を改修する作業はひどく神経を使うものだった。

野田が最近ようやく手に入るようになったと喜んでいたコーヒーを手に、船底の仮眠所から甲板に上がってきた。

敷島はコーヒーを受け取ると、その香りをひとしきり楽しんだ。

「この香りを嗅（か）ぐと、復興が進んでいると感じます」

「敷さん、寝てないいんじゃないですか？　交代しましょう」

「いえ、これが最後の改修作業でした。これでこの二機の機雷の改造は終わりました」

「ご苦労様でした。神経を使う作業をお任せして申し訳ない」

「いえ、どうせ眠れませんでしたから」

「一睡もしていないんですか？」

「相手が呉爾羅かもしれないと思うと……」

「わかります。私も戦争の頃のことを思うと、眠れなくなる時があります」

「かたきを討ちたいんです。でも同時に俺にはあいつがたまらなく恐ろしい」

そう言った敷島の表情がさっと変わった。海面の何かを見つめている敷島の表情に、野田も腰を浮かせた。

「どうしました?」

敷島は座っていた場所から対面の船縁に向かって駆けると、海面を指さした。

「深海魚が……」

その言葉を待っていたかのように、急激な水圧変化に耐えきれなかった深海魚が胃を外に飛び出させながら次々と海面に浮かび始めた。

中には眼球を醜く飛び出させた個体もあった。

それは大戸島や輸送船の周りで見たものとは比べものにならない個体数で、浮かんだ海面を覆い尽くさんばかりの勢いで増えていった。

「これですか?」

「……来ます!」

敷島は鐘を鳴らすと大声で叫んだ。

「警戒態勢!　呉爾羅です。呉爾羅が来ます」

上着を羽織(はお)りながら水島を引き連れて甲板に上がってきた秋津が、この状況に少しテンションを上げながら、各員に素早く指示を出した。

「来やがるか！　小僧、いつでも機雷を投下できるようにしておけ。敷島、機銃の準備だ！」

敷島は深海魚の数に恐れをなして、秋津に進言した。

「逃げましょう。やはりこの船で戦える相手じゃない。今なら間に合います」

輸送船の傷でおおよその見当はついていたが、呉爾羅が大戸島の時より遙(はる)かに大きくなっていることを深海魚の数が如実(にょじつ)に語っていた。

「長さん、一旦様子を見ましょう」

野田も賛同してくれたが、秋津はそれも無視して、モンキーラッタルを駆け上がり、操縦甲板まで上っていくと、羅針盤(らしんばん)を手にした。

「学者後ろ見張れ。随時報告」

「長さん！」

秋津は無線を手にすると、海進丸と交信を始めた。

「新生丸から海進丸へ、やっこさんがお出ましになるようだ。準備しろ」

海進丸から意外な答えが返ってきた。

「化け物退治の功績はこっちでもらうぞ」

「あの野郎」

見ると、海進丸の上での活動が活発になっている。

水島が泣きそうな声で訴えた。

「艇長ォ！」

「ここで逃げたら、『高雄』が間に合わねーだろ。そしたら、怪物はどこに向かう？　俺はまた東京が火の海になるのを見たくない」

「長さんだって、国からの指示、気に食わないんでしょ」

「ああ、気に入らねーな。だけどな、誰かが貧乏くじを引かなきゃなんねーんだよ」

秋津の決意は固いようだった。確かに呉爾羅の脅威を水際で収めるには、誰かが身を挺して対応しなければならないだろう。しかしこの呉爾羅という「状況」はたかだか木造掃海艇の手に負える事案なのだろうか？

そう敷島が考えた時、目の前でその解答が残酷にも出現した。

急に海面が盛り上がったと思うと、ゴジラがその頭部を海面に突き出し、そのまま海進丸をくわえ込むと海中に引きずり込んだのだ。

一瞬の出来事だった。

海進丸の乗組員は、何が起こったのかわからないまま海底に引きずり込まれただろう。

そしてゴジラは想像を遙かに超えて、巨大になっていた。その表面は大戸島の時よりとてつもなくゴツゴツとした質感に変わっており、それがあの時の呉爾羅なのかさえ敷島には判断がつかないほどの変貌（へんぼう）を見せていた。

秋津にもこれが一筋縄（ひとすじなわ）ではいかない事案であることがようやく肌感覚で伝わったようだ。

これは「正義」や「義務」や、そんなことを遙かに超えたところにある事案だ。

このゴジラというものに対抗するということは、神と対峙（たいじ）することに等しい。

「こりゃ……いくらなんでも無理だ！」

秋津は逃げの一手を打つために、エンジンスロットルを一気にあげた。

急な加速に、エンジンが悲鳴を上げて止まった。

止まった……水島と敷島は目を丸くして顔を向け合った。

きな臭いオイルの焼けるにおい……それは二人にとって死のにおいに思えた。

エンジンルームからは真っ黒な煙がもくもくと噴き出している。

「学者、エンジン！」

煙の中からススで顔を真っ黒にした野田が、工具を振り回しながら顔を出して叫んだ。

「今やってます！」

海進丸を一撃で破壊したゴジラの背びれが、まさに小山のように海面に浮かび上がった。そしてそれはまっすぐ新生丸に向かって進み始めた。

背びれはぐんぐん近づいてくる。

あの質量とスピードが新生丸に激突すれば、この木造船は軽々と木っ端みじんに破壊されてしまうだろう。

そしてそれは時間にして、あと数秒というところに迫っていた。

じりじりと焦る、永遠にも思える数秒の後、野田がエンジンルームから顔を出して叫んだ。

「スロットルあげて！」

秋津がスロットルレバーをガッと上げると、規則正しいエンジン音がエンジンルームから聞こえてきた。

しかし、船はなかなか動き出さない。この質量を動かすにはそれなりに予備運動が必要なのだ。

触れるほど近くに背びれが近づいた瞬間、新生丸はようやくゆっくりと移動を始めた。

それが起こす水しぶきが新生丸船尾を濡らす勢いで、ゴジラの背びれが新生丸のすぐ後ろを通過していく。

ようやくスピードに乗った新生丸の後ろで、追跡を始めたゴジラがゆっくりと方向転換を始めた。

いま、この時、ゴジラを引き離さないと確実に追いつかれる。

そしてそれは新生丸乗組員全員の死を意味していた。

「機雷を投下しろ」

「すぐそこですよ。間に合いません」

「それでもなんでもやるんだよ！」

秋津に向けた抗議の目そのままに、野田は船尾のダビットクレーンに吊り下げた改造機雷を海面上に押し出した。

そして投下装置を作動させると、着水した機雷は新生丸の起こす三角波に揺られながらゴジラに向かってじわじわと近づいていった。

やがて機雷がゴジラの背びれに乗り上げようという時、秋津が叫んだ。

「今だ！　学者！」

「近いって！」

躊躇（ちゅうちょ）する野田から、水島がスイッチボックスを奪い取った。

「やりまーす！」

ドン！

巨大な水柱がゴジラの背びれをかき消すように噴き上がった。

スコールのように降ってくる機雷の爆発が起こした水しぶきの中で、皆がゴジラに致命傷を与えられたのではないかと期待して目をこらした。

ところが、水柱をかき分けるようにまったく無傷のゴジラが出現した。

海面にあげた顔がでかい！

機雷の至近距離での爆発をもってしても、ゴジラにはほとんどダメージを与えられなかったのだ。

「効いてません」

「マズいマズい！」

秋津が檄を飛ばす。

「敷島！　機銃を撃ち込め」

敷島は機銃座に飛び乗ると、銃把を握った。その時一瞬、大戸島の惨劇が敷島の脳裏によぎった。ゴジラの襲撃……守りたい仲間。手にした機銃。

敷島は両手が震えていることに気づいた。

なかなか撃たない敷島に、しびれを切らした秋津が怒号をあげる。

「敷島ァ！」

敷島はハッとして機銃を連射した。一度始めてしまうと、今度はとりつかれたように連射を続けた。マガジンを取り替え、さらに一気に連射。しかし、ゴジラはそんなものまるで意に介さないという様子で新生丸を追い続けている。

ライフルの銃弾にも反応していた、あの大戸島の呉爾羅とは完全に別物となっていた。

「ダメだ！　役に立たない！」

秋津を振り返って見た敷島の後ろで、ゴジラが顔を大きく上げて新生丸に飛びかかろうとしている。

大口を開け、牙をむき出しにしてくるゴジラの姿に、野田がある方法を思いついた。

「口の中……口の中ならどうだ」

野田と水島はすぐさまダビットクレーンを操作して、二機目の機雷を投下した。

ゴジラの顎がすぐ目の前にまで迫っていた。

この機雷を爆発させると、新生丸に及ぶ被害も相当なものだろう。

しかしこのままでは生存そのものが危うい。

機銃座の下に潜り込んで伏せながら、野田は機雷に繋げたスイッチをひねった。

機雷は無反応でゴジラの口の中で躍っていた。

まさかと思いながら、野田と水島が機雷に繋がった電線を引き寄せてみると、果たしてそれは途中で引きちぎれていた。

波に揺られながらゴジラの鋭い歯にこすれたためだったようだ。

機雷は波に翻弄(ほんろう)されつつも大きく動くたびにゴジラの牙に阻(はば)まれ、口の中にかろうじて留まっていた。

しかし飛び出すのも時間の問題に思えた。

このままでは虎の子の最後の機雷が、ゴジラの口から流れ出てしまう。

電線が繋がっていない以上、野田達には機雷を爆発させるすべはない。

今にも機雷は口から流れ出しそうになっている。

間もなく、新生丸は確実にゴジラの顎にかみ砕(くだ)かれる。

その時、敷島が叫んだ。

「伏せろーっ」

野田達が顔を低くすると、13ミリ機銃の弾丸がゴジラの口中の機雷めがけて撃ち込まれた。

敷島がくるったように機銃を撃ち込み続けている。ゴジラが怒って飛びかかろうと構えたその瞬間、機銃弾の一つが奇跡的に理想的な角度で機雷に命中した。

大爆発。

新生丸はその船尾を爆発に破壊されながら、空中に一瞬持ち上がった。そしてそのまま海面に叩きつけられた。

その上から大量の水が滝のように降り注いだ。

息もできない水の降下の中で敷島はのたうち回っていた。破壊された船尾の一部が頭に直撃し、大きな裂傷を作っていた。

水島も左腕に破片を受け、骨折していた。新生丸も後部をすっかり失って、そこからの猛烈な浸水が始まっていた。

どんどん沈んでいく新生丸にしがみつく格好で、皆が水煙の中からゴジラが現れるのを待った。

今の攻撃でゴジラにダメージを与えられていなければ、まず新生丸のメンバーは助からない。

水煙が去ったあと、そこには顔の半分を吹き飛ばされたゴジラの体が力なく浮かんでいた。

「やったのか?」

秋津の問いに野田が答えた。

「倒せたかも知れません」

しかしその直後、ゴジラの驚異的な再生能力が発動した。

目に見えるほどのスピードで、破壊された顔が再生されていった。

そして吹っ飛んだはずの目や牙までがほぼ元通りに再生されると、ゴジラは意識を取り戻し、上体を大きく海上に持ち上げると、雄叫びを上げた。

——ゴジラは殺せない——

そしてそれは新生丸が完膚なきまでに破壊されることを意味していた。

ゴジラの上体が大きく動き、その巨大な顎が新生丸をくわえ込んだ……と思ったその刹那、風切り音と共に、幾つもの爆炎がゴジラを包んだ。

「なんだ！」

野田が風切り音の先を見た時、そこには信じられない光景があった。

重巡「高雄」がそこに到着していた。

怒りの咆吼をあげたゴジラは次の砲撃準備を始めた高雄めがけ、大きく方向転換し泳ぎ始めた。

高雄の正確な砲撃が水に潜ったゴジラを襲う。

しかし水中に潜り込んだゴジラに砲弾は届かない。

爆雷のように水中爆発する高雄の砲撃の隙間をかいくぐって、ゴジラは高雄本体めがけて進んでいった。

「まずい」

そう敷島がつぶやいた直後、高雄の真横でクジラがジャンプするかのごとくゴジラが空中に舞い上がった。

そして落下の力を利用して、高雄の艦橋を巨大な顎と爪とで大破させていった。ブリッジにいた艦長をはじめとする上官クラスの人々が、一瞬で高雄の艦上構造物もろとも押しつぶされた。

大破する中枢部の敵を討つべく、高雄の前甲板に据えられた全六門の20・3センチ砲がゴジラに向かって旋回した。

全門同時発砲……

ほぼゼロ距離からの一斉射撃にさすがのゴジラも耐えきれず、体から何本も煙を立たせながら海中に倒れ、水没していった。

ついに高雄が満身創痍になりながらも、ゴジラを倒したのだ。

甲板上で生き残った高雄の乗組員が、一斉に雄叫びを上げた。

シンガポールからの苦しい航海。そして瞬時に奪われたブリッジにいた艦長達。

そういった一切が報われた瞬間だった。

死闘ともいえる戦いを見ていた敷島達も、なんとかゴジラを仕留めることができた高雄に惜しみない賛辞を送っていた。

が……

突然高雄の下の海中が青く輝きだした。

それは次々と数珠つなぎに光っていった。

青い光の竜が姿を現したような神々しい風景だった。

野田が何か本能的な恐怖を感じながら、それを見ていた。

「…なんだ？」

直後、水中から光の柱が一本、高雄の真ん中を貫いた。

それは徐々に太くなり、やがて高雄はその光を中心に大爆発を起こした。

弾薬庫に引火したというレベルの爆発ではなかった。高雄を構成している鉄が、熱線のあまりの高温に一気に気体へと変わったために起きた、いわば個体の水蒸気爆発のような、そんな尋常ではない爆発だった。

紅蓮（ぐれん）の炎に包まれながら高雄は、みるみるうちにすべての乗組員を乗せたまま、ほんのわずかな時間の中で、引きずり込まれるように海中に消えていった。

あとには高雄爆発の余韻（よいん）の煙が海面に漂っているだけだった。

そこにゴジラがゆっくりと浮かび上がってきた。

その体は至る所が赤く燃えるようにただれていた。

あの数珠つなぎの青い光はなんだったのか？　そして高雄はなぜ瞬時にこの世から消滅してしまったのか？

そしてゴジラに何が起きて、これほどまでにダメージを負っているのか……

ゴジラはそのダメージのためか、これ以上の破壊行動を断念したかのように、身を翻（ひるがえ）し、巨大な水柱を残して泳ぎ去っていった。

ほぼ残骸（ざんがい）と化した新生丸は、そこにしがみついた敷島達と共にかろうじて浮いていた。

敷島は意識を失った。

目覚めると敷島は病室にいた。

意識を取り戻したのを見て、秋津と野田、左手に添え木をした水島が一斉に覗き込んだ。

秋津が安堵の息をつきながら言った。

「やっと目覚めたか」

「ここは？」

「横須賀の病院だ、あの後すぐ搬送されたんだ」

「海進丸や高雄の人達は？」

秋津は黙って首を振った。

あの惨劇は沢山の人命を奪っていったのだ。

「……ゴジラは、奴はどうしたんです？」

その問いには野田が答えた。

「あのまま消息不明です」

「ゴジラは東京方面に向かっていました。早く避難指示を出さないと大変なことになります」

「政府はこの情報を国民に伏せています」

「なんで直ぐに国民に周知させないんですか」

「恐らく混乱を恐れてのことでしょう」

「混乱？　そんなことを言っている場合じゃない。今のうちに避難を始めないと！」

「予想される大混乱の責任を誰も取りたくないんでしょうね」

秋津が吐き捨てるように言った。

「情報統制はこの国のお家芸だ」

そこに血相を変えた典子が、明子を伴って病室に駆け込んできた。

「浩さん！」

「慌てないでください。この通りたいしたことないんですから」

バラックに帰ってきても、典子はずっと敷島を責めているような目で見つめていた。

「どうしました」

「本当は何があったんです？」

「言ったでしょう。機雷の処理に失敗したんです。ただそれだけです」

「嘘、何か隠していますよね」

典子の鋭い指摘に敷島は焦った。

「ずっと思っていました。浩さんは生きるのが辛そうだって……何かを隠しているって。そのことに関わりのあることがあったんじゃないですか?」

典子の追及が鋭さを増していく。

「何が浩さんをそんなに苦しめているの?」

「典子さんには関係のないことです」

思わず声を荒らげた敷島に、刺激されたかのように典子の感情がほとばしった。

「そんなこと言わないでよ。あなたに助けてもらって、今日まで一緒に生きてきて、それなのに私はあなたの人生にこれっぽっちも関われないの?」

返す言葉がない。

「あなたが何かを背負っているなら、少しは私にも分けてほしいんです」

敷島はなんとかこの状況から逃れようとしたが、典子の視線の強さに、それが不可能であることを察した。

「俺は特攻から逃げた人間です」

「え?」

「出撃の日、飛行機が故障したふりをして、大戸島にある不時着場に降りました」

敷島は仏壇にしてある木箱に向かうと、油紙に包まれた何枚もの写真を持ってきて、典子に見せた。

「大戸島の整備兵の人達が持っていたものです。皆、亡くなりました」

「…何があったんですか?」

「不時着したその夜、巨大な恐竜のような怪物がやってきたんです。俺は零戦の機銃でそれを撃ち殺してくれと頼まれました。でも俺は……また逃げたんです。その結果、彼らは怪物に殺されました。皆、家族に会えたはずの人達です」

今までどうしても聞くことができなかった写真の由来を知って、典子は息を呑んだ。

「そのかたきに……ゴジラと呼んでいるそれがまた現れたんです」

「ゴジラ?」

「でもまた何もできなかった」

いったんあふれ出た敷島の感情は、止められない濁流のように流れ出した。

「だから……俺は生きていてはいけない人間なんです」

「浩さん……生き残った人間はきちんと生きていくべきです」

「典子さんに何がわかるっていうんですか？」

「わかります！　私の両親は火に焼かれながらそう言ったんです。だから私はどんなことがあってもちゃんと生きよう……そう思ってきました」

典子の体験してきた地獄を思って、敷島は言葉を失った。典子がどんなにボロボロになっても、自分を失わず、まっすぐに生きてきた背景にはそんな惨劇があったのだということを、敷島は今初めて知った。

その言葉に励(はげ)まされて、敷島は一瞬光のようなものを見た気がした。しかし、その気持ちは長くは続かなかった。

典子が生きるということと、敷島が生きながらえているということには大きな違いがある。

敷島はすぐに両手で顔を覆(おお)うと、自分の殻(から)に閉じこもった。

「無理です。あいつらは毎晩夢に出てくるんです。早くこっちに来いって……なんで図々(ずうずう)しく生きながらえてるんだって……」

「それは夢、浩さんが作った幻だよ」

敷島は激しく首を振った。

「幻なんかじゃありません。あの人達の思いは、僕と一緒にここまでやってきて、このあたりにずっとずっといるんです。そして眠ると、夢の中に入ってきて、責め立てるんです」

自分で吐き出した「夢」という言葉に、敷島はまた以前と同じ状況に陥った。

「そもそも俺は生きてるんですかね」

その目の血管は浮き上がり、異様な光をギラつかせながら、敷島は吐き出すように叫び始めた。

「俺はもうとっくにあの島で死んで……朽ち果てて……典子さんや明子はその屍が見ている夢なんじゃないんですかね」

典子は意を決すると、敷島の頭をしっかりとかき抱いた。

そして自分の鼓動を聞かせた。

その音に敷島ははっと我に返った。

「生きてるよ。浩さんは生きてる。わかるでしょ」

敷島は崩れ落ちるように典子の背中に腕を回すと、赤子のように嗚咽し始めた。

「ほら明子、味見してみて。明子の好きな大根。お汁も飲んで」

敷島が目を覚ますと、台所で足下にまとわりつく明子に、典子が味噌汁を味見させていた。

「おいしい？　明子、大根好きだもんねー」

その風景を見ていた敷島は油紙の写真に目を移すと、そっとつぶやいた。

「……もう終わりにしていいですか？」

そしてもう一度典子を見て続けた。

「もう一度生きてみたいんです」

それは、敷島が自分が生きていることをようやく確信した瞬間であった。

浦賀水道(うらがすいどう)付近を海防艦「生野(いくの)」が哨戒(しょうかい)航行を続けていた。

高雄、海進丸の原因不明の沈没……そして新生丸からの報告。にわかには信じられない情報だったが、万が一のことを考えて「生野」が配置されていたのだった。

そして「生野」の乗組員達は、新生丸の証言が決して誇張されたものではないことを知ることになった。

その巨体は「生野」の全長を遙かに超えているように見えた。

「これが例の」

「早く！　通報だ！」

巨大生物の向かう先に、復興が始まった東京の街が見えていた。

東京湾の入り口には測天型敷設特務艇が数珠つなぎにした機雷を、湾を塞ぐように敷設していた。

もし本当に怪物が来たら、この機雷でできた「東京湾封鎖ライン」で倒す予定だった。

その作業の途中に、血相を変えた艇長が通信室から飛び出してきた。

「沖合で哨戒中の『生野』から、巨大生物が東京湾に向かっていると連絡があった！」

「本当にいたんですか」

「じゃあ間もなくですかね」

双眼鏡で仕掛けた機雷のラインを確認していた一人が荒い息を漏らした。

「どうした」

「こんなのありかよ」

艇長も双眼鏡を覗いた。その視界には機雷を吊したブイと比較すると、常軌を逸した大きさの背びれが飛び込んできた。

「…これは本当に生き物なんですか？」

まさにそれは移動する島だった。

艇長は答えられなかった。代わりに送話器を手に本部に報告した。

「東京湾封鎖ライン、第四区を爆破して未確認巨大生物の侵入を阻止します」

双眼鏡を覗き続けていた乗組員が報告した。

「あとわずか、もう少しです」

背びれはまっすぐに機雷ライン第四区に突っ込んでいった。

「今です！　爆破！」

第四区の機雷が立て続けに爆発した。

機雷の水しぶきが一通り収まったのを見て、艦長が聞いた。

「やったか」

双眼鏡を覗いていた乗組員は残念そうにつぶやいた。

「いや、ダメです。まるで効いていません」

怪物の背びれは、まるで何事もなかったかのように悠然と進んでいた。

艦長は泣きそうな声で、送話器で報告を始めた。

「東京湾封鎖失敗！　怪物は品川方面に向かいました。尋常でない大きさです。警戒警報を直ちに発令して下さい」

敷島の家では、非番の敷島が銀座に仕事に行っている典子の代わりに明子と遊んでいた。

最近できるようになったお手玉を、明子が自慢げに披露していた。

ラジオからはのんびりと、最近流行している『鐘の鳴る丘』の主題歌が流れていた。

その時、町中を引き裂くような勢いでサイレンが鳴り響いた。

つらい思い出が蘇った何人もの人々が何事かと、外に飛び出してきた。

敷島もとっさに明子をかばう姿勢になって、サイレンを聞いていた。

空襲警報だ。

——どこの国が、また空襲を仕掛けてきたというのだ？——

敷島は様々な可能性を考えながら、また再開するかもしれない戦争におびえていた。

すぐさまラジオが緊急放送に変わった。

「臨時ニュースを申しあげます。臨時ニュースを申し上げます。東京湾から巨大生物が上陸しました。危機的状況に陥ることが予想されます。厳重なる注意を要します。巨大生物は銀座方面に向かっております。銀座にいる方は警察の指示に添って速やかに避難して下さい。繰り返します巨大生物は……」

——巨大生物——

確かにラジオは巨大生物と言った。それは……ゴジラだ！

「こんなに早く！」

そしてその時、敷島は典子が今どこにいるかを思いだし、一気に足下が崩れ落ちるような感覚に陥った。

典子は銀座のデパートで事務の仕事をしているのだ。

「澄子さんの所にひとりで行けるか」

事態が深刻なことを瞬時に悟った明子が、敷島を見つめたまま頷いた。

雪崩のように我先にとビルから飛び出した人々が、どちらに向かっていいかわからずに逃げ惑っていた。

パニックを起こした運転手の誤ったハンドル操作で、街灯の支柱に激突する車。転んで母親と手を離してしまい、離れ離れになって泣き叫ぶ幼子。

ビルの出口に詰まってしまって、奥から来る人間の圧力に耐え切れず絶叫する人。

人々の怒号と悲鳴が織りなす、うわーんとした音が、「ズシン」という地響きと共に一瞬凪いだ。

晴海通りの上空をめちゃくちゃに折れ曲がった都電と何台もの車が、ブリキのおもちゃのように飛んでいった。

そしてそれを追うように、直径一〇メートルはありそうな巨木のような足が現れた。

それを目の当たりにした人々は、先ほどまでとは比べものにならない絶叫を発しながら、我先にと逃げ惑った。

それは巨大な山のようだった。

一歩一歩、歩を進めるたびに、あたりの地面は地響きを立て空気はビリビリと震えた。

本来動くことなどないはずの巨大な質量が、二本の足を支えに一歩また一歩と晴海通りを日劇方面に向かって移動していた。

戯れに動かすそれの尾が揺れるたびに、何台もの車がスクラップにされていった。

今まさにビルから飛び出してきた人々は、どちらに逃げるのが正解なのか判断できぬまま、本能的にゴジラと反対方向に逃げていった。

数寄屋橋にゴジラの足が乗ると、その重量に耐えかねた橋が一瞬にして破断された。

逃げ遅れた人々が橋が跳ね上がる動きに翻弄されて、空中に投げ出された。

人々はそのまま橋の裂け目に落下し、下を流れる外堀川に落ちた。

ゴジラの移動に伴って、数寄屋橋の破断された部分が再び落下してきた。

頭上から押しつぶされて、人々は一瞬にして全員が絶命した。

まだ騒ぎの伝わってきていなかった東京駅から出発した山手線の列車は、すぐ先にある有楽町の駅に向かって加速を始めたところだった。

なんの前触れもなく、運転手の目の前に都電が一両、突然空から降ってきた。

反射的にブレーキをかけた運転手の目の前で、都電は線路の中央に突き刺さる格好で墜落した。

あまりに急なブレーキに、立って乗っていた乗客は、危うく転倒するところだった。「なんだよ。急だな」「何かあったのかい⁉」口々にそう文句を言いながら運転席の方を睨んでいた乗客達は、突然ズンという音と共に、列車が揺れるのを感じた。

「地震？」

この列車に乗っていた典子がそう思った時、窓外の日劇方面から信じられないものが歩いているのが見えた。すさまじい大きさの、五〇メートルは超えていそうなその巨体がそこにあった。

同じタイミングでそれを見た乗客達も、今自分が何を見ているのか理解できず、ただぽかんとそれを見ているだけだった。

ズシン、ズシン。それが歩くたびに、列車が揺れる。気がつけば、晴海通りは建物から出てきて逃げ惑う人々でいっぱいになっていた。その時、典子はさっきから聞こえていたザワザワした不思議な異音が、この逃げ惑う人々の絶叫の集合体であるということにようやく思い立った。

典子の頭で、この巨体が敷島の言葉に結びついた。

「あれが……ゴジラ？」

巨体はそれに答えるかのように少し体をかがめると、典子達の体を震わせる重低音で雄叫(おたけ)びを上げた。

その衝撃波のような声を浴びて、山手線の窓ガラスが、ガタガタと揺れた。

雄叫びに本能的な恐怖を感じ取った乗客達はようやく事態の深刻さに気づき、我先にと乗降口に殺到した。典子はその流れに押さえつけられて、椅子(いす)から動けずにいた。

窓外がゴジラの体でいっぱいになった！　と思うや否(いな)や、列車全体に金属の押しつぶされるガキャンという音が響き渡った。同時に車両自体が大きく斜めにかしいだと思うと、立っていた乗客達が急な坂となった床を団子になりながら滑り落ちていった。

ゴジラが列車を咥(くわ)えて持ち上げたのだ。

窓外から見える街がみるみるうちに遠くなっていった。典子の車両も斜めに傾いたまま数十メートルの上空にあった。

隣の車両に移動するためのドア面が車両の底になる形になって、そこに次から次へと乗客が滑っていった。最初の頃、底に到達した人は、上から滑ってきた人の衝撃に「ぎゃっ」とつんざくような絶叫をあげていたが、さらに人が折り重なってボキボキと音を立てているうちに、静かなうめき声だけになった。

典子は椅子の脇にあった板に座り込んだ形になって、かろうじて落下は免れていた。その足の方、遙か下で折り重なって団子状になっている乗客の惨状に目を背けながらも、どうやってここを脱出するか考えていた。

しかし、今、典子の乗った列車はゴジラに噛みつかれ、持ち上げられた車両にくっついたまま、上空に浮かんでおり、脱出は絶望的だった。

その時、メキメキと音を立てて、典子の車両が重さに耐えきれず、真ん中から真っ二つに折れた。

そしてそのまま折り重なった人々を乗せたまま、まっすぐ下の繁華街に落下して乗客もろともぐしゃりと潰れた。

直後、典子がかろうじて体を預けていた椅子の側板もバリッと剝がれ、典子自身も車両を追うかのように落下した。

今やほぼ水平になった電車の支柱にとっさに飛びついた典子は、列車の破断面近くで鉄棒にぶら下がるように吊り下げられた状態になってしまった。

体重が両腕にかかる。それを典子は必死に耐えていた。

ゴジラがぐいと体を一八〇度回転させると一歩進んだ。

典子は遠心力で振り回されながらその一歩の振動にまだ耐えていた。ギリギリの状態だった。

焦りから手のひらに汗が噴き出し、今にも滑って眼下の建物に落下するかと思ったその時、さらにゴジラが進んだ。電車の真下に、外堀川が見えてきた。

典子は一瞬の躊躇のち、外堀川に身を躍らせた。

それとほぼ同時にゴジラが咥えていた車両を離した。

典子が外堀川にダイブした直後、そのすぐ後ろに折れ、千切れ、ぐしゃぐしゃに潰された車両が落下した。

典子はそれが起こす津波のような水の盛り上がりに、一瞬にして呑み込まれた。

日劇と朝日新聞本社の対面にあるマツダビルの屋上にはカメラマンや記者、実況をテープに吹き込もうとするアナウンサー達が上ってきていた。

階段を上りきって、外に出た途端、目の前のゴジラがまるで現実的でない大きさで存在するのを見て衝撃を受けたアナウンサーの徳田は、それでも逃げ出したくなるのを必死にこらえ、テープに今目の前で起きている現実を吹き込み始めた。

「なんと言うことでしょう。にわかには信じられない様な巨大な生物、怪物が銀座の街を蹂躙しております。身長五〇メートルはあるでしょうか。ようやく復興してきたばかりの銀座の街が次々と破壊されております。辺り一面、火災の黒煙と巻き起こる埃でまるで東京大空襲の再来のような状況になっております」

ゴジラは体当たりするように日劇のビルに突進し、腕を振り回して、それを破壊していった。

隣の朝日新聞本社ビルの上にも前代未聞の惨事を自らの目に焼き付けようと、記者達が飛び出してきていた。

ゴジラは一通り、日劇を破壊すると、体を大きく回して、尻尾を鞭のように振り回した。

一瞬の出来事だった。その半径上にあった建造物はことごとく灰燼に帰した。朝日新聞本社ビルもその一撃に屋上の記者達もろとも瓦礫の山となってしまった。

「なんと言うことでしょう。朝日新聞本社が今怪物の尻尾の一撃で無に帰してしまいました」

一通りの破壊を終えたゴジラは、方向を戻し、服部時計店方面に進み始めた。

マツダビル屋上の記者達はゴジラの巨体が自分達に迫ってくるのを見て、じわっとあとずさった。彼らをここにとどめているのは、この出来事を記録して後世に残そうという記者魂だけだった。

「ここも大変危険になって参りました……」

逃げ出したい気持ちを押し込めるようにしながら、アナウンサーは絞り出すようにうめいた。

が……ゴジラはマツダビルを攻撃することなく、その前を横切っていった。

小山のような巨体が目の前を横切っていくのを見ながら、アナウンサーはふと美しいと思ってしまった。

下から眺めたゴジラの横顔は五月の夕日を浴びて、神々しくさえあった。

その時、ゴジラの足がマツダビルの一階部分をえぐるように破壊した。

二階から八階までの構造体の重量が、その破壊された断面にかかった。

耐えきれるはずもなかった。

だるま落としのごとく、落下した構造物は、自らの重さに連鎖的に潰れながら崩れていった。

屋上は大きく斜めにかしいだ。記者達は同時に転がるように倒れ込んだ。そして耐えきれなくなった屋上が、あちこちでバキバキと折れながら、ビルが倒壊するのに合わせ、斜めに落下していった。

「うわぁああああ」

もう中継は不可能だった。

テープレコーダーには、アナウンサーの断末魔の叫びと屋上部分が地面に叩きつけられるズドンという重低音が最後に記録された。

無造作にマツダビルを破壊したのち、ゴジラは晴海通りを一歩一歩服部時計店方面に進んでいた。

そんな中、周りの喧噪の中、典子が幽霊のようにとぼとぼと歩いていた。

典子は疲れ切っていた。列車の落下に伴う乱流の中から、かろうじて水面に浮かび上がった時、典子はその体力のほとんどを使い切ってしまっていた。

気づいた時には外堀側の川縁に打ち上げられていた。そこからなんとか立ち上がり飛来する日劇の破片をよけながら、典子は走った。水を吸った服がべったりと体に絡みついた。併走していた人の何人もが、あちらでもこちらでも日劇の破片に潰されて命を失った。

典子は走って、走って、その残された体力も限界まで使って、ようやくここまで来ていた。

真後ろにゴジラの足が迫っていたが、もう一歩も歩きたくなかった。

今はとにかく楽になりたかった。もしかしたら、あの足に踏み潰されることが、今の典子にとっては安息なのかも知れなかった。

逃げる男の体がぶつかって、典子は倒れた。

「邪魔だ!」

男の罵声(ばせい)を人ごとのように聞きながら、典子にはもう立ち上がる力は残されていなかった。

その喧噪は家族を亡くしたあの空襲の時とひどく似ていた。疲れ果てた典子には我先に逃げ惑う人々が、ゴジラから逃げているのか空襲の炎から逃げているのか、もう判別がつかなくなっていた。

――このまま倒れていれば、楽になれる――

疲れ切った頭でボンヤリと覚悟を決めようとした時、典子の腕を何かが力強く引っ張った。

「死んではダメだ！」

「！」

敷島だった。群衆に逆行しながら、敷島が典子を見つけ出してくれたのだ。

まるで敷島に引きずられるような格好で、典子はもう残っていないはずの体力をなんとかもう一度燃やして、走った。走った。走った。

ゴジラはおもむろに立ち止まると、また体を回転させ始めた。尾をひねりながら振り回したのだ。それは道沿いに建った看板建築と歩道ぎわに並ぶ露店群を一緒くたにしながら、次々と薙ぎはらっていった。

そしてそれに巻き込まれた敷島達のすぐ後ろにいた人々が、瓦礫と入り交じりすり潰されながら吹き飛ばされた。

ギリギリのところで逃げおおせた敷島と典子は、上の方から聞こえる爆発音に振り返った。

ゴジラの上半身に次々と砲弾が当たっていた。

国会議事堂方面から、本土決戦にと秘匿(ひとく)温存されていた新型の四号戦車による砲撃が開始されたのだ。

それた弾の一部が周りのビルを崩し、その一帯は砲煙と瓦礫が落下する時に生じた埃で、もうもうとして見えなくなった。

その中で動かなくなったゴジラに人々はその死を期待した。

――戦車の直撃弾を何発も喰らって、生きている生物がいるはずがない――

皆そう思いたかった。

「高雄」の惨劇(さんげき)を見た敷島一人を除いて……

――戦車砲じゃ無理だ――

やがて煙が風に流され、ゴジラがゆっくりとその姿を現した。

目は国会議事堂方面をカッと見据えていた。

その怒りを感じさせる目に、人々の願いがむなしく消え去ったことを悟った。

やがて、不思議なことが起こった。

尾の先までびっしりと生えた背びれが、ぐいっとせり出し始めたのだ。

そしてその根元が各々青く輝き始めた。

その現象は、尾の先から腰へ背中へとどんどん頭部に向かって突き進んでいった。

今やゴジラの背中は、せり出した背びれの根元から発する青い光に包まれて光を背負ったかのようになっていた。

その姿に、人々は本能的な畏怖と恐怖を同時に感じ、まるで荒ぶる神を見るかのような目で、その状況を前にただただ立ち尽くしていた。

敷島がつぶやいた。

「これは……あの時と同じ」

高雄が熱線に破壊された時、海中に見えた青い光は、まさにこれだったのではないか？

そうだとすると、このあとには……

ゴジラの口周りに青い光の霧が発生し始めた。

そして背びれが一斉にガシャリと音を立てて体に食い込んだ。

インプロージョン方式の原子爆弾を思わせるその動きの直後、ゴジラの口からは青白い鮮烈な輝きを持つ一本の光の柱が国会議事堂に向かって放たれた。

一切の音が一瞬消えた。

ゴジラの熱線のそのあまりの高温は、国会議事堂周辺のすべての物体を瞬時に蒸発させ、液体のプロセスを飛び越して、気体に変えた。

膨大（ぼうだい）な体積に膨（ふく）れ上がった元固体は、人知を超えた「物質の水蒸気爆発」とでも言うべき爆発を起こし、巨大な火球と化したそれは、あたりのものを無慈悲（むじひ）に巻き込みながらすさまじい勢いで膨張していった。

その爆発プロセスが起こした爆風は、周辺の建造物を、紙細工のように破壊しながら、半径六キロの範囲すべてを粉砕（はさい）し尽くした。

その衝撃波と煙は、敷島達が立っていた服部時計店付近にもみるみる迫ってきた。

典子は敷島をビルの隙間（すきま）に突き飛ばした。

ほとんど本能的な行動だった。

ビルの隙間に倒れ込んだ敷島を残して、典子は衝撃波の煙とそれが巻き込んだ大量の瓦礫（がれき）と共に、消し飛んだ。

やがて爆心地の真空化にともない、今度は急速に爆縮現象が始まった。破壊された破片が激しい風と共に、今度は爆心地に向かって集結していく。

その荒れくるう風の中で、敷島は体を縮こまらせて耐えた。

やがて世界は凪いだ。

よろよろと立ち上がった敷島は、ビルの隙間から這い出してきた。

風景はその様相を一変させてしまっていた。

生きている者はその周辺には誰もいないようだった。

敷島は爆風に連れ去られた典子を探して、三原橋方面を見た。

そこにはただ無慈悲に瓦礫が層をなして折り重なっているだけだった。

「典子！　典子！」

声を震わせながら叫んでみたが、それに応えてくれる者はいないことを敷島はわかっていた。

敷島が振り返ると、そこには熱線発射時に自らに生じたダメージを癒やすためにたたずんでいるゴジラの後ろ姿があった。

その先、かつて国会議事堂があった場所からは巨大なキノコ雲が立ち上がっていた。

やがてゴジラはゆっくりと品川方面に歩き始めた。

急に真っ黒な不吉な雨が降り始めた。

その雨に打たれながら、敷島は立ち去っていくゴジラの背中に、あらん限りの声で呪詛（じゅそ）のうなりを浴びせ続けていた。

「昨日上陸した巨大生物による被害は、およそ死者、負傷者合わせて三万名、被災家屋二万戸以上にのぼるとみられています。被災直後から続けられている救助活動ですが巨大生物の移動した跡には放射線の危険性があるため、難航している模様です」

　昨日の悪夢が嘘のように晴れ渡った空の下、直系十二キロに及ぶ円状の瓦礫地帯の前にロープと警官による立ち入り禁止の境界線が出来上がっていた。ゴジラの襲撃時に家族がそこにいたであろう人々……昨夜帰ってこなかった親を子を、妻を夫を恋人を、その安否を求めて、何千人もの人々がその境界線に殺到していた。

「巨大生物は放射能を帯びていることから、その成長の過程で、ビキニ環礁（かんしょう）での一連の原爆実験がなんらかの影響を与えたのではないかと見られています。また巨大生物から剝落（はくらく）した体の一部も、放射能の危険があるため、回収が遅れています」

その先では防護服に身を包んだ調査員達がガイガー計数機を手に、放射線濃度を測定していた。

その計器には絶望的な数字が現れていた。

静かな雨が敷島の家を濡らし続けていた。

典子が勤めていたデパート関係の弔問客が帰ると、そこには新生丸のメンバーと澄子と明子、そして魂が抜けてしまったかのように見える敷島が残った。

仏壇には、新築祝いの時に野田が撮った照れた笑顔の典子が、そのまま遺影になって飾られていた。

「とんだことになっちまって」

秋津が語りかけても、敷島からはなんの反応もなかった。

ただ一升瓶を抱えて、宙を見上げているだけだった。

「明子はどうするんだ？」

微動だにしない敷島にかわって、澄子が答えた。

「困ってる時はお互い様さね。明子ちゃん、お父ちゃんが仕事でいない時はおばちゃんのとこに来るんだよね」

「お母ちゃんは?」

澄子が明子をなだめるように引き寄せた。

「明子ちゃん。お母ちゃんな、ちょっと遠くまでお仕事にいったんよ。だからしばらくはおばちゃんとね」

「お母ちゃんが良い。お母ちゃんじゃなきゃイヤだ」

大声で泣き始めた明子から逃げるように敷島は、隣の部屋に重たい自分の体を引きずっていった。その時、敷島の膝に仏壇代わりの箱に供えてあった写真の包みが当たって、バサバサと落ちた。

落下した写真の兵士や家族が、じっと敷島を凝視していた。

「許しちゃくれないってわけですか」

突然敷島はケラケラと笑い始めた。しばらくするとその笑い声は湿気を帯び、泣き声にしか聞こえなくなっていった。

「俺がバカな夢見たせいだ」

その時、野田がすっと近づくと、敷島に耳打ちした。

「敷さん、実は秘密裏にゴジラを駆除する作戦が進行中です。民間人主導のまことに心もとないものですが……参加しますか？」

敷島の両目が急速に輝きだした。

入り口の「特設災害　説明会」と書かれた看板の前を通って、敷島は大きな集会場に入っていった。

秋津や野田、骨折で腕を吊った痛々しい姿の水島もいた。

敷島に声をかけようとした水島だったが、その険しい表情に中途半端にあげた手を下ろした。

秋津が周りの人間を値踏みするように見ていた。

「俺達以外は皆……」

「ええ、元海軍士官の皆さんです」

「学者、くわしいな」

水島は嬉しそうに周りを見回した。

「へぇえ」

と、その時、会場内に静かな緊張が走った。駆逐艦雪風元艦長の堀田をはじめとする元艦長達が四人、入ってきたのだった。彼らはそれぞれ「響」「夕風」「欅」の元艦長達であった。

堀田は、思わず立ち上がった元海軍士官達を座らせると話し始めた。

「『雪風』元艦長の堀田です。皆さんもご存知のように今東京は謎の巨大生物の襲撃を受け未曾有の危機に瀕しています。

しかし我が国は国民を守るべき自前の軍隊を有しておりません。

駐留連合国軍による軍事行動は大陸のソ連軍を刺激する恐れが高く、不可能と判断されました。つまり、我々は民間の力だけであの怪物に立ち向かわなければなりません」

その事実に、一同はザワついた。ということは……堀田の言葉は続いた。

「皆さんにはその為に集まってもらいました。政府と交渉した結果、退役し引き揚げ船に使っていた駆逐艦四隻の提供は約束してもらえましたが……」

どよめきが起こった。

参加者の一人が言葉を遮って声を上げた。

「俺達にまた艦に乗れと言っておられるのですか？」

「俺は銀座でアレを見ました。あんな物、倒せっこありません」

「大体退役した艦にはまともな武装が載ってないだろう」

ついにはヤジまで飛び出し始めた。

「そこんとこどうなんだ」「はっきりして下さい」

困惑している堀田の後ろに、野田がマイクを運びながら飛び出してきた。

「えー、そこに関しては私から説明させてもらいます」

秋津達は、その大事な場面に野田が登場してきたことに驚いた。

「野田……さん？」

「今回の作戦を立案した元海軍技術士官の野田健治と申します。まず前提としてあの怪物、えー大戸島の伝承に即し、仮にゴジラと呼称しますが、ゴジラは通常の火器の攻撃に対し殆どダメージを受けません。目の前で見ましたが、重巡高雄の主砲クラスの直撃を喰らってもすぐに再生してしまうんです」

その言葉に参加者達の間にさらなる動揺が走った。

「高雄は撃沈されたらしい」「ならば余計無理じゃないか」

小声で噂(うわさ)が飛びかった。いや、噂ではない。高雄のゴジラによる撃沈は事実なのだ。

「お静かに。そこでまったく別の手を考案しました」

野田は助手らしき者達が運んできた水槽(すいそう)の前に向かった。

「まず簡単な実験をご覧にいれます。ここに入っているのは海水と同じ濃度の塩水です。ここにゴジラを模した木片を浮かべます。これはおもりを付けて、ギリギリ浮いていられる状態に調整してあります」

野田はチューブを装着したゴジラ型に切り抜いた木片を水槽内に入れた。それは下部におもりがついており、野田の言うとおり、ギリギリで水面に浮かんでいられるように調整してあるようだった。

「この状態でチューブからフロンガスを送り込み木片を泡(あわ)で包むと、どうなるでしょう」

参加者の一人が馬鹿にしたように言った。

「泡が出ようが浮いたままだろう?」

「そう思いますよね」

野田がボンベのコックをひねると、送り込まれたフロンガスによって、木片の周りに微細な泡が発生した。そしてその泡に包まれた木片は、急速に沈み始めた。

参加者が驚いたような声を上げた。

「フロンガスの泡は木片を包み込み、海水と木片の接触を断つのです。東京を襲った怪物・ゴジラにこれを仕掛け深海に沈めようというのが今回私が提案する作戦案です」

秋津がぼそっとつぶやいた。

「なあ、学者って意外と凄い奴だったのかな?」

続いて野田は電気を消すと、スクリーンにスライドを映すよう指示した。

スクリーンには相模湾の等高線が入った図が映し出された。

「御存じの様に相模湾の相模トラフは最大深度二五〇〇メートルと近海ではずば抜けた深さを誇ります。今作戦はゴジラにフロンガスのボンベを大量に装着し、一斉に発泡させ、泡の膜で包もうと考えています。そして短時間で相模湾に沈め、その深海の圧力で息の根を止める……」

スクリーンに向いていた野田が参加者の方に向きなおった。その顔にはスライドの画像が二重写しになっており、温和な野田の顔を今まで誰も見たことがないような怪しい表情に見せていた。

「海の力でゴジラを殺す……これが海神(わだつみ)作戦の概要(がいよう)です」

しかしこのプランには秋津は疑問を抱かずにいられなかった。

ゴジラから逃げようとするあまり、水圧順応がきかず浮かんでしまった深海魚。やつは深海に属した生物だ。

「あいつは海から来たんだ。深海の圧力なんか平気の平左(へいざ)だろ」

すかさず野田が反論する。

「計算によると、約三十五秒後に一平方メートルあたり二五〇万気圧が掛かります。普段、深海で生存できる生物も、これほどの急激な圧力変化にたえられません」

敷島が立ちあがった。

「それで、ゴジラを絶対に殺せるんですか？」

野田は即答できなかった。

「ゴジラの生態は未知のことが多すぎて、予測で対策を立てるしかないんだ」

その自信なさげな物言いに、参加者達は再びどよめいた。

「ですが砲撃が効かない以上、これは最適解であると……」

「殺せるんですか？　殺せないんですか？」

野田は科学者としての誠意をもって正直に答えた。

「……絶対とは言えない」

それを聞いて敷島はすぐさま椅子(いす)を蹴(け)って出ていこうとした。その背中に野田が呼びかけた。

「可能性はあるんだ。敷さん、最後まで聞いてくれ」

敷島は渋々椅子に座り直した。

「では詳しい説明を」

野田の指示でスライドが流れ始めた。そこには二隻の船に渡されたボンベの付いたケーブルを曳航(えいこう)し、ゴジラに巻き付ける方法が図説されていた。

「こうして、二隻の駆逐艦(くちくかん)でケーブルをゴジラに巻き付けます。このケーブルにはあらかじめフロンガスのボンベを多数装着してあります。巻き付けると同時に、足下で大和(やまと)の46センチ砲弾を複数爆破し、巨大な泡を作ったあと、フロンガスを一斉に放出。ゴジラは爆発でできた空間に落下する形で加速し、泡に包まれることで浮力を失い、一気に深海二五〇〇メートルに引きずり込まれます」

「ですからそれがダメな時は……」

「予備作戦があるんだ。皆さん中庭を見てください」

参加者達が窓際に集まると、そこから見える中庭に、何人かの作業員と箱形の機械が置かれていた。

野田がその作業員に合図を送ると、その中からは黄色い大きなゴムボート状のバルーンが射出する爆音と共に噴き出てきた。

野田の隣にいた作業着の男が解説を始めた。

「東洋バルーンの板垣です。今、見て頂いたのは旧海軍機に搭載されていた浮泛装置に着想を得た膨張式浮上装置……炭酸ガスを気嚢に吹き込む事で浮力を得る、いわゆる浮き袋です。海底に着いたゴジラを今度はこれで一気に海面まで引き揚げます」

「もし万が一超高圧に耐えたとしても、直後に襲い掛かる凄まじい減圧まで耐えきれるとは思えません。確かに確実に倒せる保証はありません。ですが今はやれることをやるしかないんです」

参加者達は、自分の立場を決めかねているようにザワついていた。おそらくかなりの危険を伴う作戦である事は間違いなさそうだった。しかし自分達の能力が求められているともまた確かだ。そして何よりこの話に参加すれば、自分達はまた艦(ふね)に乗ることができる。

「先の大戦を生き延びた皆に、またしてもこのような命がけの任務をお願いするのは大変心苦しい。だがわかってほしい。日本政府も米軍も当てにできない今、我々しかこの国の未来を切り開くことはできないんだ」

その時、一人の男が立ち上がった。そして思い詰めた表情で絞(しぼ)り出すように言った。

「無理です。俺には家族がいます。俺だけじゃない。ここにいる大半の奴がそうだ」

その男の発言をきっかけに、他の男達も次々と立ち上がった。

「俺達だけがなぜ貧乏くじをひかねばならんのですか？」

「戦時中みたいなワケにはいかんのですよ」

堀田が苦渋(くじゅう)の表情で答えた。

「静かに。皆さん、良く聞いてほしい。これは命令ではありません。個々の事情がある方は帰ってもらって構わない。それを止める権利は我々にはない」

帰っていいと言われると、かえって動けなくなる。ただただ重苦しい沈黙が会場を静まりかえらせた。

　そのうち一人の男が、目を背けながら一礼すると、早足で出ていった。それをしおに次々と男達が小走りで出ていく。

　さらに重い空気に会場が圧倒されていた時、一人の男が手を挙げて聞いた。

「これ、絶対死ぬってわけじゃないですよね」

　すがりつくような勢いで野田が答えた。

「もちろんです」

「じゃあ戦時中より随分マシだ」

　残った男達の間にささやかな笑いが起こった。

　別の男も頭をかきながら立ちあがった。

「誰かがやんなきゃいけないんでしょ。じゃあ仕方ないじゃないですか。俺達じゃなきゃ艦は動かせねえわけだし」

「よーし、いっちょやってやるか」

　会場の雰囲気が明るさを取り戻した。皆、腹をくくったのだ。

「皆さん……ありがとう」

　頭を下げえる堀田に、皆が頷いていた。

闇市の一杯飲み屋に秋津をはじめとする新生丸メンバーが集まって飲んでいた。

ゴジラ疎開が進んで、闇市もめっきり人気がなくなっていた。

「しかし、お前がこんな大作戦の立案者だなんてなぁ」

幾分顔を赤く染めた秋津が、野田を冷やかした。

「私は実際のゴジラと遭遇していますからね。それで白羽の矢を立てられたようです」

「じゃあ自分達が呼ばれたのも同じ理由ですね」

元海軍士官でない自分も呼ばれたのが嬉しい水島が、野田のおちょこに酒を注いだ。

「で、奴は戻ってくると踏んでるのか？」

「この前の上陸でここ東京は、ゴジラの縄張りの一つに加えられたと見て良いでしょう。最悪の場合、一週間以内に再上陸があり得ると思っています」

「……そんなに早く」

「放射能を探知するブイを随分散布したんですってね」

「奴の発見を目視だけに頼るわけにはいかないからな」

「そもそもあいつは罠張ってるところに『はいさいでございますか』って来てくれるのかよ」

「それなんですよねー」

その答えに秋津が慌てた。

「オイ、無策なのかよ？」

「馬鹿にしないで下さい。ちゃんと考えてますよ。戦時中、音響魚雷の欺瞞に使った、水中拡声器があるんです。それで先の上陸時に録音したゴジラの声を流すんです」

「ゴジラの声？」

「ええ、ゴジラは別個体に縄張りを荒らされたと感じて、追ってくる……はずです」

「はずですって……はずばっかだなぁ。そもそもなんとか式浮上装置？　あれで引き上げるってやつ、俺はうまくいくとは思えねえんだがなぁ」

「じゃあどうすればいいんですかぁ」

「ハイハイハイ！」

水島が何かを思いついたという顔で嬉しそうに手を上げた。

「駆逐艦で引っ張って持ち上げるってのはどうですか？」

その案は野田に一蹴(いっしゅう)された。

「バカ言うな。ゴジラの推定体重は二万トンだ。駆逐艦二隻(せき)の推力じゃ到底足りない」

「まあ、要するにお前の作戦は穴だらけってことだな」

「そんなこと言うなら代案出して下さいよ代案」

ずっと黙りこくっていた敷島が口を開いた。

「野田さん、戦闘機のツテ、どこかにありませんか？」

秋津がその言葉に違和感を持った。

「戦闘機？」

「万が一奴が上陸しても、銃撃して怒らせれば、相模湾に誘導できます」

「武装解除で全部燃されちゃったんでしょ。日本の戦闘機」

元軍国少年らしい知識を水島が披露した。

野田もその意見には懐疑的だった。

「もしあったとしても、あいつは熱線を吐きます。航空機で誘導なんて命がけの仕事になる」

「命がけとかどうでもいい。そもそも戦闘機は船よりは遥かに身軽に動けます」

すでにかなりの酒を飲み干した秋津が、睨みあげるように敷島を見た。

「わざわざ撃ち落とされに行くってことかぁ？　お前、やけになってんじゃねえか？」

「酔ってんですか？」

「典ちゃんのかたきが討ちてえだけだろ」

「気に入らないようですね？」

「今更よう」

秋津が敷島の胸ぐらをつかんで引き寄せた。テーブルの上のお銚子があおりをくらって倒れた。陶器の割れるガチャンという音が店の中に響いた。

「なんでこんなことになる前に、典ちゃんを嫁さんにしてやんなかったんだよ。あの子の気持ちはわかってたんだろう？」

敷島はその手を振り払ってうめくように言った。

「俺だって、そうしてやりたかった」

「じゃあなんでだよ？」

敷島は、言うか言うまいか、しばし悩んだが、新生丸のメンバーには聞いてほしいという気持ちが勝った。

「……俺の……戦争が終わってないんです」

敷島にまとわりついている闇の深さを悟って、新生丸メンバーは黙り込んだ。


数日後、野田の一報を受けて、郊外の格納庫跡に敷島がバイクを飛ばしてきた。

「戦闘機あったんですって?」

「ええ、でもかなり特殊なやつで……」

野田の合図で、助手達が目の前の物体からかぶせてあった布を剝いだ。

舞い上がる埃の中に、その奇妙な形の戦闘機が鎮座していた。

担当官が説明を始めた。

「大戦末期に開発されていた局地戦闘機『震電』です。B29を墜とす一撃離脱に特化した設計で計画最大速度四〇〇ノット以上、先尾翼を備え、30ミリ砲四門という破格の重武装を誇り、数々の新機軸を盛り込んだ革新的な機体です」

初めて見る異形の戦闘機を、驚きの眼でなめまわすように見ていた敷島に、野田が言った。

「わずかな試作機が実戦配備されていたらしいんです。本土決戦用にここに配備されていたのが、終戦のどさくさでうやむやになっていたらしく……ただほったらかしだったので、機体がガタガタで……」

「このままでは飛べない……？」

「問題はそこなんです。優秀な整備士……いや、機体を補修できるほどの人材が必要です」

その言葉に敷島は橘のことを思い出した。

そして、それに伴(ともな)って、ある計画を電撃的に思いついた。

そのことを考えても、この仕事には橘が適任……いや、橘でなければこの仕事を引き受けてはくれまい。

「一人心当たりがあります」

「ほう」

「その人は不時着でガタガタになったゼロを、飛行可能なまでに修復していました。この仕事にうってつけです！」

「へー、そんな知り合いがいるんですか？」

野田は素直に敷島の案に賛成してくれた。

となると……なんとしても橘を見つけ出さないといけない。

敷島の考えた、とある作戦には橘がどうしても必要なのだった。

ゴジラの銀座攻撃に伴い消滅した復員局は、神田方面にその本拠地を一時的に移していた。

敷島はそこで橘の行方を探し出すため、復員局の戸籍課の役人を捕まえると、粘りに粘っていた。戸籍係の役人は、緊急事態に伴い、関西から補充された人員のようだった。

役人は、事務的に名簿をチェックすると答えた。

「元大戸島守備隊所属の整備士橘宗作さんねぇ。現住所は登録されてまへんなぁ」

「そうですか」

「人捜しの依頼は毎日ぎょうさん入ってくるんですわ。順番っちゅうものがありますさかいに探すにしてもだいぶかかりまっせ」

「危急の用件でどうしても連絡を付けたいんです」

「困りましたな。皆危急危急言い張りますさかいに」

敷島はカウンターに額を叩きつけるがごとく擦り付けた。なんとしても近日中に橘を見つけ出さないといけないのだ。

そのエキセントリックな行動に、カウンター内で作業する職員達や背後を通る男性など皆驚いたような顔で敷島を見た。

ゴジラの再上陸が迫っている予感があった。時間がないのだ。

「お願いします。この通りです。この国の存亡に関わることなんです」

戸籍係は声を潜めて拒絶した。

「そんなんされても……無理なもんは無理なんだす」

どれだけお願いしても、そもそもの情報がない状態では、これ以上の進展はなさそうだった。

「ならば」と敷島は次の一手をうった。

「橘が大戸島の前に所属していた隊はどこか？　それならわかりますか？」

いくつかの元兵士達の現住所を手に入れた敷島は、早速そのすべてに手紙を送りつけた。

　そこにはこう書かれていた。

「私は大戸島で橘宗作と一緒にいた者です。大戸島玉砕は米軍の攻撃によるものとされていますが、真相は全く違います。

　実は橘は沖を通る米軍艦艇に対し、無謀にも銃撃を加えたのです。反撃した米軍の攻撃により、大戸島守備隊の若い兵士達はことごとく戦死しました。その攻撃の間中、橘は責任を放り出し、山中深く逃げていたのです。大戸島の悲劇の目撃者として私、敷島浩一は一生抗議を続ける覚悟であることを橘と隊を同じくしていた皆さんにお伝えいたしたく、この手紙を書かせてもらいました」

　封をし、切手を貼り付けた敷島の傍らには、すでに十数通の同じ内容の手紙が並んでいた。

　橘の捜索は難航しているようだった。

　それを受けて、一杯飲み屋で野田が敷島を説得しようとしていた。

「手は尽くしているんですが、その橘さん、どうにも連絡が取れんのですよ。他にも優秀な元整備兵はいます。いい加減他を当たりませんか」

「もう少しだけ時間を下さい」

「なぜそこまでその人にこだわるんですか？　ゴジラがいつ舞い戻ってくるかわからないこの状況では一刻も早く……」

「わかります。でも橘じゃなきゃダメなんです。まもなく彼にメッセージが届くはずなんです」

野田は困惑していた。なぜ敷島はここまで橘にこだわるのだろうか？

ただ敷島の目に宿った炎を消してはいけないと思った。

それは典子を失って、生ける屍（しかばね）のようになっていた敷島にとっては生きていくための最後のエネルギーのように、野田には思えたのだ。

もうしばらく、ほんのしばらくだけ待ってあげよう、と野田は思った。


飲み屋からの帰り道、まもなく家に着くというところで敷島は急に何者かに名を呼ばれた。

振り向く間もなく、後頭部にずしんと痛みを感じて、敷島の視界は真っ暗になった。

棍棒のようなもので殴り倒されたのだ。

バケツの水を盛大にかけられて敷島は目覚めた。

両手が縛られた状態で、敷島は自分の家の土間に転がされているようだった。

その目の前には、探し続けた橘本人が憤怒の表情で立っていた。

敷島が意識を取り戻したのを知った橘は、手にしていた封筒と手紙数通を身動きが取れない敷島に向かって投げつけた。

「なんのつもりだこれは？　俺の戦友のところにこんなでたらめを送りつけやがって」

敷島の送ったメッセージが届いたのだ。

「橘さんですか⁉」

橘は思いがけず嬉しそうな顔を見せた敷島にさらに怒りが増して、思わず殴りつけると胸ぐらをつかんだ。

「大戸島玉砕の原因はすべて俺にあるだと？　どういうつもりだ！」

「すまない。あなたに会うにはそんな方法しか思いつかなかったんだ」

「この恥知らずが」

「銀座を襲ったあいつ、大戸島の呉爾羅（ゴジラ）ですよね」

それには答えず、橘はさらに敷島を蹴（け）った。

敷島の目は腫（は）れ始めていた。

「戦闘機の改修が必要なんです。あいつを倒すためです！」

「は？」

「それを頼むためにどうしてもあなたに会う必要があった。そのデタラメな手紙はそのためだ。許して下さい」

「この俺が、よりによってお前のために働くと思うのか？」

意外な敷島の言葉に戸惑ったような橘は、もう一度敷島を蹴るとその場を立ち去ろうとした。

敷島は縛られたまま、まるで芋虫（いもむし）のように土間を這（は）いずりながら、橘を追った。ようやく見つけた橘を逃すわけにはいかない。

「あなたにしかできないことがあるんです」

「……？」

「ゴジラの口の中で機雷を爆発させたことがあります。高雄の主砲よりはるかに効果があった。あいつは内側からの攻撃に弱い。わかりますか？」

敷島の言わんとすることが、ようやく橘にも届いたようだった。

敷島の狂気に満ちた目が爛々と輝きを増していた。

「爆弾を満載した戦闘機でやつの口に突っ込むんです。そうすれば確実に殺せる！」

まさか敷島は……

「特攻……？」

動揺する橘に、敷島が追い打ちをかけた。

「あなたの戦争も……終わっていませんよね」

格納庫の中では腫れ上がった瞼の敷島と野田が、橘がやってくるのを待ち続けていた。

「しかし、転んだにしては派手に腫れましたねぇ」

「面目ない。かなり酔っ払っていましたから。あんまり覚えていないんです」

「まああれだけこだわった橘さんが見つかったんだから、そこまで浮かれるのも無理はないですがね」

とその時、声がして橘が助手の元整備兵を二人連れて格納庫に入ってきた。

「先尾翼機(せんびよくき)か……噂(うわさ)には聞いていたが、完成してたんですね」

野田と敷島が橘に駆け寄った。

「橘さん！　良く来てくれました」

「あなたが橘さんですか？」

「ええ、これが幻の局地戦闘機『震電』ですか」

「これを補修して、飛べるようにできますか？」

橘と助手達は震電の機体を少し触っていたが、振り返ると力強く言った。

「私にできる限りのことはやってみます」

「ありがとうございます。いや、良かった」

喜ぶ野田の横で、誰にも知られてはいけない計画を共有している橘と敷島が、複雑な視線をかわし合っていた。

その頃逗子軍港(ずしぐんこう)では海神(わだつみ)作戦のための資材搬入が着々と行われていた。

緊急改造を施された幸運鑑「雪風」の後部には東洋バルーンのフロンガスボンベと強制浮上バルーン、そして46センチ砲弾を組み合わせた機材が整然と並べられていた。その後ろには船舶交差時に使う大型クレーンが、さらにその前にワイヤーを幾重にも巻いた巨大なロールが鎮座していた。

軍港のあちこちで「今日明日で装備を完了するぞ」「いつゴジラが現れるかわからんぞ」などと檄を飛ばし合っている関係者の姿があった。

それを見ている野田の表情は幾分暗かった。そこに秋津がやってくると、心配そうに野田に話しかけた。

「どうした？　立案者様がそんな顔してちゃ士気に関わるぞ」

「立案しておいてなんですが、あの作戦が成功するのは奇跡に等しい気がしてきました」

それには秋津も同意するほかなかった。しかしだ。しかし……

「そうは言ってもな、なんにもやらにゃその奇跡も起きやしないぜ」

「そうですね」

「それに見ろよ、あいつらの顔」

そう言われて港内を駆け回っている人々の表情を追ってみると、彼らがずいぶんと嬉しそうな顔をしていることに野田はようやく気づいた。

「あいつらだってバカじゃない。これが命がけのしんどい作戦だってことは良ーくわかっているさ。だがな、みんな良い顔してるじゃねーか？　嬉しいんだよ、今度は役に立てるかもしれないってことがな」

「役に立つ……か」

「俺達は戦争を生き残っちまった。だからこそ、今度こそはってな」

その言葉を秋津についてきた水島も深く頷きながら聞いていた。

海上に設置されたガイガー計数管が組み込まれたブイが激しく反応した。

その情報はすぐさま野田達に伝えられ、海神作戦の主立ったメンバーが緊急招集を受けた。

いよいよかと集まった一同のところに、海図を手にした野田とその助手達が真剣なまなざしで入室してきた。

「一時間前、八丈島東方沖、北緯33度1分、東経１４０度46分にて設置されたガイガー計数管から反応があったと報告がありました。その後こことここにも」

野田が反応があった地点を、定規を使って繋(つな)げた。

そのまっすぐな直線の先には東京の文字があった。

「ゴジラが近づいています。このスピードから逆算すると、ゴジラが相模トラフ上に到着するのが明日の１１００(ヒトヒトマルマル)、それを迎え撃つため、明朝０８００(マルヤママルマル)をもって我々は出港します」

そこで野田の表情が少し曇った。なぜなら浮上装置の完成が少し遅れているからだ。

「浮上装置の完成……それまでに間に合いますかね」

東洋バルーンの社員達は顔を見合わせると言った。

「我々も連れていって下さい。現場に着くまでの三時間は貴重です。技術者としては完璧(かんぺき)を期したい」

「しかし……ゴジラとの戦いに巻き込まれるかもしれません」

東洋バルーンの社長が頼もしい笑顔を見せた。

「我々だって戦争帰りですよ」

その言葉に少しホッとした野田は、一同に振り返った。

「皆さんは可能な限り、今夜は自宅に戻って、家族と過ごして下さい」

「覚悟しろってことですよね？」

野田は静かに首を振ると続けた。

「……思えば、この国は命を粗末にしすぎてきました。脆弱な装甲の戦車、補給軽視の結果、餓死・病死が戦死の大半を占める戦場……戦闘機には最低限の脱出装置も付いていなかった。しまいには特攻だ玉砕だと……だからこそ今回の……民間主導の今作戦では一人の犠牲者も出さないことを誇りとしたい。今度の戦いは死ぬための戦いじゃない。未来を生きるための戦いなんです」

皆、感極まって何度も何度もうなずいていた。

そんな中、暗い決意を胸に敷島だけがそっとその場を抜け出した。


自宅に戻るため、駅に向かう人々の中に秋津と野田、そして水島がいた。

明日に迫った決行に幾分恐怖を感じ始めた水島が、空元気を出しながら大きな声で言った。

「いよいよ明日かぁ。武者震いしちゃいますね」

そんな水島に秋津が思わぬ言葉をぶつけた。

「お前は乗せねぇ」

「へ？」

「だから連れていかないと言っているんだ」

「！　どういうことですか？」

「まあその手じゃなんの役にも立たないしなぁ」

面白そうに野田が茶々を入れる。

「敷島だって行くんでしょ！　俺が戦争経験ないからですか？　使い物にならないってそう思ってんですか？」

「小僧、戦争に行ってないってのはなぁ、とても幸せなことなんだぞ」

水島はショックで立ち止まり、歩き続ける二人から取り残される格好になった。

「またですか？　俺はまた戦いに行けないんですか？」

ポツンと取り残された水島は、今にも泣き出しそうな表情で叫び始めた。

「なんで乗せてくれないんですか。ずっと一緒だったじゃないですか。お願いです。俺も乗せて下さい。俺も一緒に行きたいんです。俺だってこの国を守りたいんです。

俺だけ置いていくなんてひどいこと言わないでください！　野田さん！　艇長(ていちょう)！」

　その言葉には耳を貸さず、冷たく離れていきながら、秋津がぼそっとつぶやいた。

「この国はお前達に任せたぞ」


　敷島は、いつものように澄子に預かってもらっていた明子を引き取りに行った。

「いつも、本当にありがとうございます」

　その丁寧(ていねい)な言い方に少し過剰(かじょう)なものを感じた澄子は、心配そうに敷島を見送った。ゴジラを倒す作戦が間もなく行われると聞いていた澄子は、敷島が何か悪い覚悟を決めているのではないか、帰っていく敷島と明子を心配そうに見送った。


　家に帰ってきて、明子の足の裏を拭いてあげながら、敷島は聞いた。

「明子、おばちゃんの家楽しいか？」

「お絵かきした」

「そうか、そりゃ良かったな」

　明子は今日描いたらしい二つ折りにした絵を、敷島に渡した。

「なんだ？　くれるのか？」

敷島がそう開くと、そこには三人の家族が描かれていた。

「これは俺か？」

敷島が聞くと、明子は嬉しそうに頷いた。

「これは？」

「あきちゃんとおかあちゃん」

そこまで言って、明子が敷島を見上げた。

「おかあちゃんいつ帰ってくる？　お父ちゃ……」

マズいことを言った、と押し黙った明子に、敷島が優しく言った。

「いいよお父ちゃんで」

「いいの？」

「ああ、俺はお前のお父ちゃんだ」

その優しい言葉に、明子は子供ならではの勘の鋭さで何かを感じ取ったようだった。

「お父ちゃんも帰ってこなくなるの？」

敷島は驚いて明子を見た。

「どうしてそんなこと思うんだ？」

「だって……」

うまく言えないもどかしさと、敷島が帰ってこないかもしれないという漠然とした不安で、明子の目にはたちまちのうちに大粒の涙が盛り上がってきた。

「心配するな。そんなわけないだろ」

そう言われて、むしろその言葉の中に何かを感じ取った明子は大声で泣きはじめた。

敷島はたまらなくなって泣いている明子を抱きしめながら、その背中をポンポンとたたいてあげた。

だがその表情は、何かの決意を新たに固めた様相で、暗く引き締まっていた。

結局敷島はほとんど眠ることができなかった。朝の青い光の中で泣き疲れて寝てしまった明子に、敷島は布団をかけ直してあげた。

その寝顔をもう見ることもないのかと思うと、敷島は立ち上がりたくなかった。

しかし時間は迫っていた。

明子を起こさないように身支度を整え、典子の遺影と油紙に包まれた大戸島守備隊隊員の写真を手にすると、もう一度だけ明子の寝顔を見た。

守らなければいけない平和が、そこにはあった。

野田は未来のために戦うと言っていた。

その通りだと思った。

敷島は分厚い封筒を眠っている明子の手に持たせると、思い出の詰まった家をあとにした。

バイクで格納庫に到着すると、すでに橘達はスタンバイを終えていた。彼らは夜を徹して最後の仕上げをしていたようだった。

「出せますか？」

「任せとけ。すぐに用意する」

震電は完璧に整備されていた。それをなでながら、敷島はつぶやいた。

「さすがだ」

コックピットに上がると、橘が機首カバーを開いて、中を見せてくれた。そこには安定翼を取り除いた爆弾が二基並べられていた。

「ご注文の爆弾だ。機銃二門140キロ、機銃弾一二〇発80キロ、そして主燃料タンク分400キロを撤去し、その代わりに機首に25番、胴体に50番爆弾を搭載した」

「ようやく借りが返せるってわけですね」

その時、コックピット脇の壁が小刻みに振動を始めた。

何事かと敷島がそこを見ると、壁に当たった自分の手が震えていたのだった。

「笑えますね……生きたいようです俺は。ハハ」

「あの日、死んだ奴らもそう思っていたよ。みんな生きて帰ってきたかった。そして願い叶わず虫けらみたいに殺されたんだ。あんたのせいで」

「わかっています」

敷島は表情を引き締めると、油紙の包みを取り出した。

その時、一緒に挟んであった明子の描いた家族の肖像が一緒に出てきた。

「これを描いた子供、明子というんですが、あの子の未来を守ってやりたいんです。ゴジラは刺し違えてでも必ず仕留めます」

そこまで言った時、敷島は手の震えが止まっていることに気がついた。

「ようやく覚悟ができたようだな。さて大事なことを言うぞ。見てくれ。これは爆薬の安全装置だ。突っ込む直前に引き抜くんだ。そしてこの装置だが……」

橘が敷島の脇にある操作装置の説明を始めた。

その説明を聞いた敷島は、橘の顔を凝視した。とても橘の言葉とは思えなかった。

出撃の時間が近づきつつあった。

澄子が外に出ると、明子が何かを抱えて、一人で立ち尽くしていた。

「明ちゃん、どうしたの？　ひとりかい？」

「おばちゃん。これ」

明子が差し出したのは、分厚い封筒だった。その中には札束と預金通帳、そして手紙が入っていた。

そこには「明子を頼みます。この金は明子のために使って下さい」と書かれていた。

預金通帳には今日まで敷島が危険な仕事で貯めてきた、かなりの額が記載されていた。

驚いている澄子に、明子が心配そうに聞いた。

「お父ちゃん、帰ってくる？」

澄子はたまらず明子を抱きしめた。

「大丈夫。大丈夫だからね」

そう言いながら、澄子は敷島の覚悟を思ってひどく動揺していた。

三浦沖に特設掃海艇が停泊していた。甲板に立つ見張りが双眼鏡を覗いていた時、ガイガー計数管を供えたブイが激しく反応し始めた。その周りには次々と深海魚が揚がってきた。

ゴジラが予定よりかなり早く現れたのだった。

慌てて見張りが無線機に取り付いた。

「こちら黒潮12号、北緯35度03分、東経１３９度41分、ガイガーブイに激しい反応。同時に大量の深海魚浮上を確認！」

水中拡声器を装備した駆潜艇が一斉に出動した。その後ろにワイヤーで引かれた水中拡声器からは銀座襲撃時に録音されたゴジラの禍々しい咆吼が流され始めた。それは破壊された町の残骸の中から発見された、最後まで屋上に残って状況を伝えていた記者達の忘れ形見だった。

そしてそれはゴジラが自分の縄張りを荒らされたと認識するのに、充分だった。

港では、港湾放送が予定と大幅に変わってしまった状況を放送し始めた。

「大島と相模湾の中間地点で深海魚の浮上が多数報告されている。ゴジラの出現が予想される。現在水中拡声器部隊による誘導が行われている。各艦は予定を早め0720をもって出港せよ」

雪風をはじめとする四隻の駆逐艦部隊が完全装備で並んでいた。

その雪風甲板には野田と秋津の姿があった。

「水島君は諦めたようですね」

「かわいそうだが仕方がねえさ」

「本当は敷さんにも飛んでほしくはないんです。敷さんって特攻の生き残りじゃないですか……無茶しそうで……」

「明子がいるんだ。あいつはきっと帰ってくるよ」

その時だった。ドンと鈍い音が沖合から聞こえたかと思うと、巨大な火だるまと化した何かが長い放物線を描いて飛んできた。それはまっすぐ本部が置かれた港湾ビルに激突した。崩れ去った港湾ビルは、たちまちのうちに火に包まれた。

炎の中でかろうじてそれが駆潜艇であることが見て取れた。

ゴジラの怒りに触れた駆潜艇は、その一撃で真っ二つに折れ、炎の塊（かたまり）となってこの港に突き返されたのだった。

そのゴジラからの贈り物に、その場の一同の表情が凍りついた。

思い出したように空襲警報が鳴り響いた。

「水中拡声器部隊、壊滅！　ゴジラが相模湾に侵入！　海神隊、直ちに出航せよ！」

その時、甲板から何事かに気づいた秋津が沖合を指さした。

「オイあれ」

そこには波をかき分けて走る巨大な背びれがあった。

ゴジラだ。

「もうこんな所に？」

港湾の入り口に仕掛けられた機雷が次々と爆発するが、ゴジラはまるで意に介さずまっすぐ港めがけて優雅に泳いでいた。

「このままでは上陸してしまう！」

その頃、表に引っ張り出された震電は、アイドリングを行っていた。

久しぶりに回しているとは思えないほど、震電のエンジンは問題なく回っていた。

その時、軍港から無線連絡が入った

「ゴジラ、絶対防衛ラインを突破！　上陸を開始しましたァ」

待ったなしの戦局となってきた。

「出します」

敷島はそう宣言すると、格納庫前に広がる滑走路に震電をタキシングさせ始めた。

敷島は追ってきた橘達に敬礼すると、エンジンレバーをフルスロットルに入れ、滑走を始めた。

やがて震電はその奇妙な機体を舞い上がらせた。

巨大なプロペラのトルクが大きすぎて、震電はやや左に傾く傾向があるようだった。
敷島はわずかに当て舵を当てて、機体を水平に保った。

かなりのじゃじゃ馬だ

そう思いながらも戦争末期のものとは明らかに性能の異なる、ハイオクタンの燃料の効果はすさまじく、おもしろいようにスピードが上がった。
敷島は満足そうに頷くと、ゴジラに向かってさらにスピードを上げた。

格納庫前では戻ってきた橘達が、敷島が残していった飛行機雲を見上げていた。

「すべて終わらせるんだ、敷島」

そうつぶやいた橘の眼からは、いつもの敷島を責めるようなニュアンスは消えていた。

軍港はパニックになっていた。相模湾沖で迎え撃つはずのゴジラが予想を大きく裏切るスピードで上陸しようとしているのだ。
その一歩一歩が起こす波の余波に、グラグラと翻弄される雪風の上で、野田達がゴジラを見つめていた。

やがてゴジラは飛んできた駆潜艇と共に、燃えている港湾事務所の建物を踏み潰しながら、その巨体を港に持ち上げた。そして逃げ惑う人々をまるで気にかけない様子で内陸に向かって歩き始めた。

「どうするんだ。計画総崩れだ」

「とにかく、出港しましょう。沈める海域は最大効果が得られる相模トラフでなければ万全は期せません。誘導は敷さんの震電に懸けるしかない」

蜂の巣をつついたようになった軍港に、港湾放送が鳴り響いていた。

「直ちに出港せよ。繰り返す海神隊全艦艇は直ちに出港せよ」

夕風、欅、雪風、響、この四隻が艦隊を組んで作戦海域に向かう姿は壮観であった。しかし、肝心のゴジラが誘導できない限り、この艦達は戦いようがないのだ。そう思うと、引き揚げ船に改装された時、外されたそれぞれの船の主砲跡がさらに寂しく見えた。

作戦本部は雪風のブリッジにあった。通信係が野田を呼んだ。

「野田さん。敷島さんという方からです」

ブリッジのスピーカーからは敷島の声が聞こえてきた。

「敷島です。離陸に成功しました。このままゴジラを作戦海域に誘導します」

「こちらも間もなく準備完了する」

「ではできるだけ早く作戦海域に！」

通信マイクを奪うように秋津が割り込んできた。

「いいか敷島、無茶すんじゃねえぞ。明子をひとりぼっちにしたら許さねえからな」

敷島からの返答はなかった。

「聞こえてんのか敷島！」

なんの前触れもなく、無線はぶつりと切れた。

「あの野郎、無視しやがった！」

その対応に野田は不安を募らせた。

「……敷さん、まさか」

震電のコックピットでは、敷島が下界に広がる人々の暮らしを眺めていた。山間部に広がる家々の一つ一つそれぞれに明子が、典子が、敷島がいて、日々の暮らしを営んでいるのだ。

これをゴジラに破壊させるわけにはいかない。

決意を新たに敷島は前を向いた。その彼方に小さくゴジラが見えてきた。


泣き疲れて眠ってしまった明子を前に途方に暮れている澄子の所に、電報局の配達員がやってきた。

澄子が受け取った電報の中には驚愕することが記されていた。

それを持つ澄子の手は震えていた。

そして敷島が選んだであろう行く末を思って、澄子は呼吸が荒くなった。

「浩一さん……」

鎌倉の上空に震電が到達した時、すでにゴジラはその辺り一帯の民家を踏み潰していた。

敷島は思いきって30ミリ砲を連射しながらゴジラの鼻先をかすめてみた。案の定ゴジラは30ミリ砲ではまるでダメージを受けている様子はなかったが、震電への反応は素早かった。見事に震電を目標に捉えて、通常の二倍のスピードで顔を突き出し、震電に食らいつこうとした。

敷島はかすかに機体を傾けることで、ギリギリゴジラの襲撃を避けた。

その瞬間、今度は大きく振られた尾が、震電のコックピットいっぱいに迫った。

「危ない！」

とっさにフラップをおろし、エアブレーキのように使って、やや失速状態にすることで、かろうじて尾の攻撃もやり過ごすことができた。

模擬空戦時にひたすらトレーニングした敵の弾道から逃れるための挙動が、無意識のうちに自分を救ったことに敷島は驚いていた。

しつこいハエのようにまとわりつく震電を、ゴジラは攻撃目標であると完全に決めたようだった。

ゴジラはついに進路を変え、相模湾に向かって歩き始めた。

相模湾の雪風艦橋では秋津や野田が大型の双眼鏡を覗きながら、その様子を観察していた。

ゴジラが進路を変え、ついに海に入ると、秋津が感嘆の声を漏らした。

「ははーたいしたもんだ。ゴジラそうとうお冠だぞ。追ってきてる」

「俺達の番ですね」

堀田が海神作戦各部署に檄を飛ばした。

「全艦最終点検急げ！」

各所から伝送管を伝って声が返ってきた。

「ケーブル良し！」

「フロンボンベ良し！」

「全回路接続完了」

「浮上装置、装備完了しました。これより最終確認に移ります」

四隻の巡洋艦がゴジラに向かって艦首を揃えた。

ゴジラがついに江ノ島の脇から巨大な水しぶきを上げながら海に再び入った。

挑発する震電を追いながら背びれと頭を海上に出した状態で、ゴジラは悠々と体をくねらせながら泳ぎ始めた。

震電はこまめに方向転換してジグザグに飛ぶことで、ゴジラのスピードと合わせながら、相模湾沖の海神艦隊に向かって、ゴジラを誘導して続けた。


雪風艦橋で堀田が次の指示を出した。

「第一部隊、出してくれ。かねてからの予定通りで行く」

部下達が予定通りと復唱する中、まずは第一ペア、夕風と欅が併走しながらゴジラにまっすぐ突っ込んでいった。

その方向にまっすぐ進んでいた震電は、二隻の間をすり抜けるように飛んで舞い上がった。

泳いでいたゴジラが、まっすぐ自分に向かって突き進んでくる夕風と欅に気づいた。

その時、ゴジラの脳裏には高雄の砲撃が蘇った。

ゴジラの背びれが青く輝きながら、一つまた一つとせり上がり始めた。

雪風の艦橋でそれを見ていた野田がつぶやいた。

「いいぞ！」

背びれの光がゴジラの背中を頭まで駆け上がり、その口に青い光が集まり始めた。

その時、夕風の艦橋には不思議な光景が広がっていた。

人っ子一人いない艦橋の中央で、ロープによってがんじがらめに固定された舵(かじ)がわずかに揺れていた。

その先でゴジラが青い光をまとっている。

そう、夕風と欅には今、一人の乗組員も乗っていないのだ。

固定された舵によって、二隻はひたすらゴジラに向かって進んでいるのだった。

ゴジラの背びれがガシャリと縮まり、その口からは青白い一本の光が二隻に向かってほとばしるように発射された。

銀座から吐き出されたあの熱線の再来だった。

二隻は一瞬で真っ白な火球へと変貌(へんぼう)を遂(と)げ、直後、大爆発がその一帯の海を瞬時に蒸発させた。

そこからの衝撃波は二隻の後方にいた雪風と響に襲いかかり、艦上に移乗していた夕風と欅の乗組員達は、危うく噴き飛ばされるところだった。

皆、必死に艦上の構造物にしがみつき、その衝撃波をやり過ごした。

続いて爆発によって起きた巨大な波が、雪風と響に襲来した。

艦首をまっすぐに爆発方向に向けることで、ゴジラによって起こされた津波といっていいその状況を、二隻はなんとか乗り越えた。


雪風艦橋では、皆声を失っていた。

銀座でゴジラの熱線を見た人間が、生きてここにいるはずがなかった。

わずかに野田と秋津だけが、高雄を葬(ほうむ)った熱線を見たことがあるという状況だった。

皆、ゴジラの熱線のあまりのすさまじさに、呆(ほう)けたような顔でただ前を見つめていた。

「これが……ゴジラの熱線」

堀田のつぶやきにようやく我に返った乗組員の一人が、半ば泣き叫ぶような声で叫んだ。

「想定の物を遙(はる)かに超えている。艦長！　即刻全艦退避を進言します」

野田がそれを力強く否定した。

「いやこれで良いんだ。すぐに作戦を開始して下さい」

「しかし、いつまた熱線が！」

おびえ、声を震わす乗組員を無視して、野田は堀田艦長に怒鳴りつけるように言った。

「お伝えしたとおり、あの熱線はすぐには第二弾を放てないんです。今です！　腹ァ決めて下さい！」

その言葉に、ようやく気持ちを落ち着けた堀田が頷（うなず）いた。

「海神作戦を開始する」


ゴジラに向かう二隻の後部甲板から、次々と東洋バルーンの巨大ボンベが海上に投棄されていった。

それらは二隻の間に張られたケーブルに繋（つな）がれていた。白い航跡を残して、十数本のボンベは二隻に引きずられる格好で海上を進んでいく。

そのまま二隻は、ゴジラの周りを大きく回り込むように進んだ。

左右を駆逐艦に挟まれた格好になったゴジラは、まずは雪風に飛びかかろうと、上体を海上に起こしながら体の向きを変えた。

そこをすかさず震電が30ミリ砲を連射しながらかすめていった。

今度はゴジラは震電に飛びかかるように体を伸ばした。

ひらりとそれを震電がかわした。

雪風艦上では震電がおとりになってくれていることに感謝しながら、クレーン伝いにケーブルを出し続けていた。

大きく円状に展開したボンベとケーブルを、今度は閉じていかなくてはならない。

それを為すために、雪風の後部には特設クレーンが設置されていた。

クレーンで大きく持ち上げたケーブルの下を響に通過してもらうことで、ケーブルを交差させようという手はずだった。

堀田が冷静に操艦していた。

艦上に搭載できるクレーンはそれほど大きくない。そこを通過してもらうには、響に舷側ギリギリを通ってもらう必要がある。

「響に通達、舵固定、取舵4度」

響がぶつからんばかりの態勢で雪風に突っ込んできた。わずかなズレが起これば、二隻は正面衝突してしまう。

響はこちらにまっすぐ突っ込んでくる。

それはともすれば雪風に正面衝突しそうに見えたが、長年の勘がこれで正解なのだと堀田に告げていた。

「連動良し！」

「響接近、二〇メートル、一〇メートル、五メートル」

堀田が叫んだ。

「多少の損傷はかまわん。響そのまま！　全艦衝撃に備えよ！」

雪風と響が艦体を擦るように交差した。その衝撃で艦内が激しく振動するなか、特設クレーンで持ち上げられたケーブルの下を、響がギリギリで通過していった。

「交差完了！」

甲板の作業員からの宣言と共に、ケーブルが見事に交差した。あとはケーブルでできた輪を縮めていって、ゴジラのボディに締め付けるように巻き付けるだけだ。

そのまま最大船速で二隻はケーブルの環を縮めていった。

ブリッジからウイングに出てきた野田が状況を確認した。

「良し！　良ーし！」

じわじわと輪が狭まっていく中、ゴジラがケーブルに気づいた。その意図するところはゴジラには理解できなかったが、それが何かやっかいなものであることは本能的に理解したようだった。

そして、一発目の熱線から充分な時間が経っていた。

ゴジラの背びれが、尾の先から次々と青く輝きながらせり出し始めた。

「マズい」

野田がケーブルを見上げると、あとわずかで巻き付きが完了する状況にはなっていた。

背びれの光はついに頭部にまで達し、ゴジラの口の周りには青い光が滞留し始めていた。

ひどく長く感じる一瞬がじりじりと過ぎていった。

秋津はすでに雪風艦橋内に設置された発動スイッチに手をかけている。

ゴジラが大きく体を反らし、熱線発射態勢になった。

その瞬間、特設クレーンのケーブルがピンと張った。

巻き付きが完了したのだ。

「長さん、スイッチ！」

野田の声に秋津が応えた。

「てぃっ！」

ゴジラの足下でボンベから垂れ下がった数発の46センチ砲弾が爆発し、巨大な空洞を作った。

ゴジラがその空間に落下する格好でガクンと落ちた。

体に巻き付いた十本のボンベの噴射口から、一斉にフロンガスの泡が噴出した。

勢いづいたゴジラの体は、大量の泡で海水から隔絶され、浮力を失い、すさまじい勢いで深海に向かって滑り落ちるように沈んでいった。

状況を上空の震電から見下ろしていた敷島は、フロンボンベでゴジラを沈める作戦がこれ以上ない成功を収めたのを見た。

「やったか！」

甲板の監視員による、深度の読み上げが続いていた。

「深度一二〇〇、一三〇〇、一四〇〇、一五〇〇！」

深度メーターが一気に目標深度を突破した。

「目標深度到達！」


深海でフロンボンベが空になり、気泡の噴出が終わった。

その瞬間、一気に激しい水圧がゴジラの全身にくまなく襲いかかった。

強烈な水圧のために、体は締め付けられ、青く輝いていた背びれも、その光を失った。

雪風の舷側では、乗組員達が固唾を呑んで事態を見守っていた。

ケーブルは停止したままだった。

舷側に当たる波の音が、場違いなほどのどかに響いていた。

甲板員の一人がウイングに出てきた野田、秋津、堀田に向かって宣言した。

「ゴジラ……沈黙しました！」


秋津が信じられないという顔でつぶやいた。

「やったか？」

直後、ケーブルがミシミシと音を立てながら左右に振れた。

その力で雪風は大きく揺れ、乗組員達は必死でバランスを取らざるを得なくなった。

ゴジラはとてつもない高圧下でまだ生きている。

「しぶてえ野郎だ！」

「そう簡単にはいきませんね。予備作戦に移行します」

野田が浮上装置のスイッチを押した。

ボンベの上部に格納されていた爆圧式浮上装置がそれぞれ、美しい花が開くように展開した。

長さ十メートルはあるゴムボートにも似たバルーンに、火薬の力を使って超高圧のガスが噴き込まれていった。

それは深海の高水圧に抗いながら、じりじりとバルーンを膨らませ、やがてゴジラの体をゆっくりと浮き上がらせ始めた。

深度が浅くなるにつれて、バルーンは大きくなり、ゴジラの浮上スピードは加速度的に速くなっていった。

いまや沈んだ時に匹敵するほどの浮上スピードで、ゴジラの体は海面方向に引き上げられていった。それに伴い、ゴジラのあちらこちら、今まで傷を受けて修復してきた場所を中心に、白く濁った腫瘍のようなものが盛り上がってきた。

甲板の観測ブースからの深度読み上げも加速していった。

「深度一二〇〇、一一〇〇、一〇〇〇」

短時間で襲いかかってきた様々な苦しみに、ゴジラの憎悪ははっきりと海上の雪風に向けられた。

そして順調に巻き上げ続けていたワイヤーが急に停止した。

「深度八〇三……停止しました」

甲板員の声にウイングの野田は頭を抱えた。

「なぜだ！　なぜ止まる⁉」

その答えは、細かく引きちぎれたバルーンの残骸として海面に浮き上がってきた。

「食い破ってやがる」

秋津の出した結論に堀田が無線に向かって叫んだ。

「響へ！　12時の方向に全速前進。左右に引いてゴジラを引き揚げる」

「しかし二隻では推力が全く足りません」

乗組員の進言を堀田が制した。

「他に手はない！　やれることは全部やるんだ！」


エンジンを最高出力にして、左右に分かれた雪風と響がゴジラを引き揚げ始めた。

しかし、その内燃機関は艦橋乗組員が指摘したとおり、あまりにも非力だった。

全く進めない二隻の艦尾からは、行き場所を失った出力の産物である大きな逆波が天高く上がっていた。

ケーブルを支えていた特設クレーンが、ギリギリと嫌な音を発し始めていた。

「このままではクレーン持ちません！」

後部甲板で心配そうにクレーンを見上げていた東洋バルーンの係員が叫んだのとほぼ同時に、特設クレーンは途中から折れて倒壊した。

ギリギリで逃げた東洋バルーンの係員達は、沈痛な面持ちで折れたクレーンと浮き上がったバルーンの破片を交互に見ていた。

船尾からは相変わらず派手な水しぶきが上がっていたが、雪風も響もほとんど動いていなかった。

中途半端な場所でゴジラが留まるということは、海神作戦の失敗を意味する。それどころか、高水圧のダメージから復活した時、ゴジラに巻き付けられたケーブルは、今度は雪風と響にとって、恐ろしい脅威となる。もしゴジラが全力で二隻を振り回したら……あるいは高雄の時のように、海中から熱線を発射されたら……

おそらく二隻の乗組員に生き残れる者はいないだろう。そしてゴジラは再び上陸し、前回の破壊から逃れた地域も焼け野原に変えてしまう。

じりじりと時間がたつ中で次の一手が打てない野田達は、ただただ暗い目で艦尾の水しぶき越しのケーブルを見つめ続けるしかなかった。

「このままではエンジン持ちません！」

伝声管を通じて、機関室から悲痛な声が飛び込んできた。

――どうする？――

このままただ座して、ゴジラに運命を委ねるのはあまりにも情けなかった。

と、その時、艦内スピーカーに聞き慣れた声が響いた。

「こちら横浜曳船所属『富士丸』！　微力ながら助太刀します」

それはあいつの声だった。

「水島です。艇長ですか？」

「小僧！　お前が？」

「ハイ！」

さらに次々と無線通信が、雪風艦橋を満たし始めた。

「こちら同じく横浜曳船所属『東洋丸』手伝います」

「我、東洋汽船所属『日光丸』！　協力ス！」

「第三潮風丸、補助します」

その声を背に受けながら、野田達がウイングに飛び出ると、そこには十数隻ものタグボートが駆けつけてくれているのが見て取れた。

スピーカーからは自慢げな水島の声が鳴り響いた。

「役立たずは返上でお願いします」

秋津が帽子を脱ぐと、どうしていいかわからないといった風に振り回しながら、笑顔で言った。

「まいった。恐れ入谷の鬼子母神だ」

堀田のうれしさを隠しきれない声が響く。

「曳船もやいとれ。全船でゴジラを引き揚げる！」

乗組員達は踊るようにロープを用意し始めた。


雪風、響、それぞれの船首には何本ものロープが縛り付けられ、その先にはそれぞれ十隻を越えるタグボートが繋がっていた。

通常、大型船を移動させる業務に使われるタグボートは、その船体とは似合わない超強力なエンジンを搭載している。

それが左右に十以上……見た目よりはるかに大きい出力の集合体は全船が大きな水しぶきを上げながら、次第に海をつかんでいった。

「深度、上がりはじめました！」

浮かれた様子の野田が大きく揺れるウイングから叫んだ。

「上がってこい上がってこい！」

そして……

ついにゴジラが海面に浮上した。

その体は水圧変化で発生した醜い水ぶくれに覆われ、過去見せたどんな姿より禍々しさを増していた。

急に浮上した深海魚達と同じように、その目は白濁し、少し飛び出してさえいた。

ゴジラは苦し紛れに体をうねらしケーブルでつながれた二隻とタグボート群を激しく翻弄した。

その姿は断末魔に苦しむ獣そのもので、二隻の乗組員達は決して人間が手を触れてはいけない領域を穢してしまったような居心地の悪い後ろめたさに震えた。ゴジラの命は間もなく尽きる。

それは、神殺しそのものではないか？

だが……

野田が海中に青い光を見た。

ゴジラの尾があるあたりだった。

「……ダメージが足りていない⁉」

その光は次第に尾を縦断し、やがてゴジラの背中に到達した。

海水を大きく押しのけ、ゴジラの背びれが輝きながら順番にせり上がり始めた。

まだ、ゴジラには熱線を吐く力が残っている。

野田達にとってそれは、死へのカウントダウンだった。

「やるだけのことはやった」という思いと、「ここまで来たのに」という思いが短い時間に野田の脳裏を行き来していた。

乗組員達は立ち尽くしたまま、最後の時を静かに待った。

ゴジラの口に青い光が集まり始めた。

その時、静寂を切り裂くようにプロペラの轟音が野田達の耳に飛び込んできた。

「あいつ、どうする気だ？」

「まさかそんな！」

「敷島？」

野田と秋津と水島が同時に同じことを思った。

そう、敷島はそれをやりかねない人間だった。

特に今のような沢山の人命が懸かった瞬間には……

「ダメだ、敷島ァ！」

秋津のその声は、エンジンと波の轟音の中に吸い込まれるように消えていった。敷島は胴体に積み込まれた数発の爆弾と共に、海面すれすれをまっすぐゴジラの口に向かって飛び続けた。

機内では、エンジンの振動に合わせて、仏壇から持ってきた典子の写真が揺れた。微笑んだかのようだった。

そして敷島の脳裏に、きらめくような典子の笑顔が蘇った。

敷島は爆薬の安全装置を引き抜き、座席脇の操作装置を倒した。

激突！　ゴジラの口に震電が突き刺さった。

一瞬の間があり、震電に装備された爆薬の遅延信管が作動し、ゴジラの口深くで大爆発が起きた。

轟音と共に、ゴジラの頭部が殆ど吹っ飛んだ。

「敷島ァ！」

秋津が叫んだ。ウイングの三人も、艦上で今の顚末を見ていた乗組員達も皆、何が起こったのかを正確に理解していた。

皆、困惑と申し訳なさと、敷島の選択に対するわずかな怒りと、様々な気持ちがない交ぜになった表情で、頭部を失って盛大に黒煙を上げているゴジラを見ながら、ただただ立ち尽くしていた。

格納庫で無線を傍受していた橘も、何が起こったかを理解して息を吞んだ。

その時、ふと目をそらした野田が何かを見つけた。

「いや、あれ！」

野田が指さす先に、白い何かが見えた。

パラシュートだった。

敷島の出撃前、橘はもう一つの「大事なこと」を伝えていた。

それは震電に搭載されていた、ドイツ製の自推式脱出装置についてだった。

「このレバーを引くと、席が空中に飛び出す」

動揺した敷島は橘の目を見た。

そこには思いがけず優しい目があった。

「生きろ」

橘に摑まれた肩が熱かった。

敷島は橘がどれほどの気持ちでその一言を言ったのか考え、そして大戸島のみんなを考え、ただただ自分の膝元を見ていた。


格納庫の橘のところに無線の声が響き渡った。

「パイロット、脱出して無事です！」

半ば立ち上がっていた橘は、ようやく大きく息をついて落下するように椅子にすわりこんだ。

そして何度も何度も頷いた。

ゴジラの体内で放たれようとしていた熱線が様々な部分を焼き始めていた。そして熱線は弱くなった部分を突き破り、ゴジラ自身の体を崩壊させながら空に昇っていった。

体のあちこちから光の柱が生まれ、その体はグズグズと崩れながら海に沈み始めた。その様子を上空のパラシュートから敷島は眺めていた。

終わったのだ。

敷島を苦しみ続けていたゴジラは今海に還っていく。

成し遂げた気持ちが心を満たすはずだった。しかし今敷島の思いは、ただただ終わったということに終始していた。

艦上の人々も、ゴジラの最期をまるで一枚の宗教画を見るような面持ちで眺めていた。

もしかすると人間がやってはいけないことを、彼らは成し遂げてしまったのかも知れなかった。

人々は誰からということもなく、次第にゴジラに向かって敬礼を始めた。

それは三年前まで戦争に身を投じていた男達の、最大の鎮魂（ちんこん）の表出だった。

思えば、この獣は人間の愚かさによって焼かれ、その姿形を醜（みにく）く変容させられた被害者ともいえる。

そんな気持ちが彼らに思わず敬礼をさせてしまったのかも知れない。

その中で黒煙を残して、ゴジラの体は完全に海に没した。


戻ってきた雪風と響を、港を埋め尽くさんばかりの人々が出迎えた。

ゴジラを倒したというニュースを聞きつけて、集まってきた人々だった。

敷島達が横付けされたタラップを降りると、一足先に到着していた水島が飛び出してきた。

「やったな！　やったな」

そう言いながら目を涙でいっぱいにした水島が、敷島に飛びついた。

野田や秋津が、ガキ大将を褒（ほ）めるように水島の頭をぐしゃぐしゃにかき回した。

その時、敷島は、明子を抱え、血相を変えてやってきた澄子を群衆の中に見つけた。

「澄子さん？」

澄子はあふれんばかりの感情を押し殺しながら、敷島に電報を渡した。

急いでその中身を確かめた敷島は、信じられないという目で澄子を見た。

明子は何が起こっているのかわからないといった様子で、敷島と澄子を代わる代わる見ていた。

澄子は、敷島の問いに答える代わりに、その肩を何度も何度もたたいた。


明子を抱いて階段を駆け上がっている時も、敷島にはまるで実感がなかった。

雲の上を駆けるようにおぼつかない足取りで、電報の中身が変わってしまわないこと。それだけを願いながら、踊るような足取りで階段を上った。

ドアを開けると、ベッドの上には希望がちょこんと座っていた。

それは懐かしそうな目で敷島を見ると、問うた。

「浩さんの戦争は終わりましたか？」

包帯でぐるぐる巻きの状態が痛ましく、しかししっかりと息づいている典子に、よろけるように近づいて抱きしめた敷島は、ただただ子供のように「うん、うん」と頷くだけだった。

その時、典子の首筋に、黒い小さな痣(あざ)のようなものが這(は)い上がってきた。

そして……

深海に沈んでいったバラバラになったゴジラの体……その中のひときわ大きな一(ひと)欠片(かけら)がドクンと鼓動した。

だがそこは深海だったため、誰も見ることはできなかった。

ただ、揺らめく波紋にゆがめられた太陽の光がかすかに届く中、それは確実に再生を始めていた。

終

※この作品はフィクションです。実在の人物・団体・事件などにはいっさい関係ありません。

集英社オレンジ文庫をお買い上げいただき、ありがとうございます。
ご意見・ご感想をお待ちしております。

● あて先
〒101-8050　東京都千代田区一ツ橋2-5-10
集英社オレンジ文庫編集部 気付
山崎　貴先生

小説版
ゴジラ－1.0

2023年11月13日　第1刷発行
2023年12月 6 日　第3刷発行

著　者　山崎　貴
発行者　今井孝昭
発行所　株式会社集英社
〒101-8050東京都千代田区一ツ橋2-5-10
電話【編集部】03-3230-6352
【読者係】03-3230-6080
【販売部】03-3230-6393（書店専用）
印刷所　大日本印刷株式会社

ISBN 978-4-08-680525-4 C0193

集英社オレンジ文庫

辻村七子

宝石商リチャード氏の謎鑑定

ガラスの仮面舞踏会（マスカレード）

病気の母と離れ、正義やリチャードと
暮らす中学生のみのる。友人や正義たちと
過ごす宝物のような思い出が増えていく…！

―〈宝石商リチャード氏の謎鑑定〉シリーズ既刊・好評発売中―
【電子書籍版も配信中　詳しくはこちら→http://ebooks.shueisha.co.jp/orange/】

①宝石商リチャード氏の謎鑑定 ②エメラルドは踊る
③天使のアクアマリン ④導きのラピスラズリ ⑤祝福のペリドット
⑥転生のタンザナイト ⑦紅宝石（ルビー）の女王と裏切りの海
⑧夏の庭と黄金（ドール）の愛 ⑨邂逅の珊瑚（サーンウー） ⑩久遠の琥珀
⑪輝きのかけら ⑫少年と螺鈿箪笥